KB114207

이계진입 리로디드

RELOADED

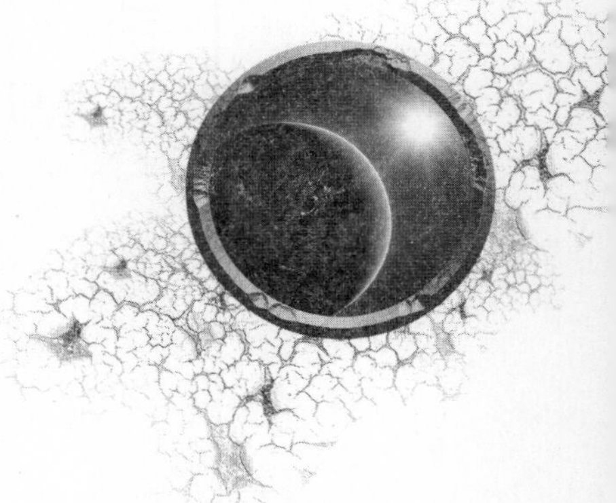

이계진입 리로디드 12

임경배 퓨전 판타지 소설

초판 1쇄 찍은 날 § 2017년 5월 12일
초판 1쇄 펴낸 날 § 2017년 5월 19일

지은이 § 임경배
펴낸이 § 서경석

편집책임 § 최지원

펴낸곳 § 도서출판 청어람
등록번호 § 제387-1999-000006호
등록일자 § 1999. 5. 31
어람번호 § 제1-2689호

주소 § 경기도 부천시 부일로 483번길 40 서경B/D 3F (우) 14640
전화 § 032-656-4452 팩스 § 032-656-4453
http://www.chungeoram.com
E-mail § chungeorambook@daum.net

ISBN 979-11-04-91319-8 04810
ISBN 979-11-04-90529-2 (세트)

RELOADED

임경배 퓨전 판타지 소설

FUSION FANTASTIC STORY

도서출판 청어람

CONTENTS

RELOADED

이계진입 리로디드

Chapter 1

마경 클라틸

적색 상아탑 최고층, 상아탑주이자 플로어 마스터인 릴스타인의 개인 연구실.

그 넓은 공간에 커다란 마법진이 펼쳐져 있었다.

온갖 복잡한 빛의 술식이 허공에 얽혀 결계화를 유지하고, 한가운데 붉은 망토 하나가 허공에 떠 마력 라인과 연결되어 입자를 뿌린다.

릴스타인이 태양의 교단에서 훔쳐낸, 과거 이계구원자의 삼신기 중 하나인 '적룡의 망토'였다.

릴스타인은 적룡의 망토를 향해 손을 뻗은 채 계속 인상을 썼다.

“으음…….”

벌써 며칠째 크림슨 나이츠의 이상 현상에 대해 조사하는 중이었다. 하지만 팔로스까지의 거리가 너무 멀고 상황 역시 간접적으로 파악할 수밖에 없어 원인 파악이 쉽지 않았다.

그래도 일어난 현상, 그리고 끊어진 마력 연결 고리의 술식 변화 패턴을 통해 몇 가지 가설은 세울 수 있었다.

비록 빈틈이 많긴 하지만, 그나마 가장 유력한 가설은 하나뿐이었다.

이해할 수 없다는 듯 릴스타인이 중얼거렸다.

“…아직도 테라노어에 이렇게 강력한 루스클란이 남아 있었나?”

* * *

푸른 바다가 시야 가득 넘실거린다.

눈부시도록 새하얀 백사장 위에 한 무리의 여행자들이 있었다. 10여 명 정도로 이루어진 일행이 마차에 실린 커다란 화물을 모래 위로 내려놓았다.

화창한 바닷가 경관과는 전혀 어울리지 않는 물건이었다.

이들이 내려놓은 물건은 반투명한 수정으로 만들어진 관이었던 것이다. 그러니까 시체 담는 그 관.

일행의 우두머리인 대머리의 남자가 수정관을 열었다.

관 내부에는 눈을 감은 창백한 성인 남성이 들어 있었다. 가슴에 붉은 칠을 한 사내였다.

마치 죽은 것처럼 사내는 미동도 하지 않았다. 무더위에도 불구하고 전신이 얼어붙어 냉기가 느껴진다.

하지만 죽은 것은 아니었다. 어디까지나 가사 상태였다.

"확실하지?"

관 속 사내의 반응을 살피며 우드로우가 물었다. 곁에 서 있던 금발의 여인이 고개를 끄덕였다.

"확실하네요."

우드로우와 실피스는 고개를 들어 바다를 바라보았다.

"여기까지 왔는데도……."

"깨어나지 않는군요."

그들이 서 있는 곳은 이나시우스 교국 최남단, 남해 군도가 아스라이 보이는 바닷가였다.

*　　　*　　　*

"헤에, 그렇단 말이지?"

보고를 받은 성시한은 안심한 듯 가슴을 쓸어내렸다.

알리타 덕분에 크림슨 나이츠 생포 및 제압에 성공했다. 하지만 그 경과에 대해선 여전히 의문이 많았다.

무엇보다도 시급한 건, 과연 그녀의 영향력이 얼마나 멀리까지 미치는지 확인하는 것이었다.

만약 알리타가 제압한 크림슨 나이츠에게서 멀어질 때 효과가 사라진다면, 그녀는 저들을 봉인한 수정관 근처에만 머물러야 한다. 그러면 여러모로 알리타와 관계가 깊은 성시한 역시 운신이 불편해진다.

그래서 만일을 대비해 창천기사단의 강자를 대동시킨 뒤, 수정관 하나만 따로 빼 멀리 이동시켜 보았다.

카렌의 협조를 얻어 이나시우스 교국 남부까지 거리를 벌려 보았음에도, 수정관 속 지구인은 여전히 깨어나지 않았다.

알리타의 영향력이 대륙 절반을 넘을 정도로 강할 리는 없으니, 일단 봉인된 시점에서 효과가 분리되어 유지된다는 증거였다.

성시한으로서는 참으로 만족스러운 결과였다.

"마력의 흐름을 파악했을 때 대충 이렇게 될 줄은 알았지만, 그래도 확인해 보지 않으면 안심할 수 없으니까."

알리타도 안도한 얼굴이었다.

"다행이네요."

자칫했으면 내내 묘지기(?) 신세가 될 뻔한 것이다. 시한이 고개를 끄덕였다.

“앞으로도 돌아다니는 데 별 지장은 없겠어. 라텐셀에서 남해까지 멀어졌는데도 봉인이 풀리지 않는다는 건, 테라노어 어디에서든 일단은 안심할 수 있다는 의미니까.”

현재 성시한 일행은 전후 처리를 마치고 라텐베르크 왕국 수도, 라텐셀로 돌아와 있었다.

레비나 여왕을 잃고 멸망한 팔로스 왕국이었다. 하지만 백성들의 예상과 달리 다른 나라에 합병되거나 하지는 않았다.

사파란 왕국과 비슷한 이유였다.

테오란트, 라텐베르크, 이나시우스 삼국은 동등한 위치다. 이들 중 누구도 팔로스 왕국을 합병해 상대적 우위에 설 수는 없다. 굳건한 동맹에 금이 가는 행위이니까.

그렇다고 사파란 왕국처럼 국명은 그냥 놔둔 채 왕만 바꿀 수도 없었다.

레비나 여왕은 이계구원자 성시한을 공식적으로 적대한 처지다. 그녀의 성을 딴 팔로스의 국명을 그냥 놔두는 것은 여러모로 정치적 문제를 야기한다.

그래서 팔로스 왕국은 ‘이계구원자의 군림하에, 그가 선택한 대리자가 통치하는 자치령’의 형태를 취하게 되었다.

아칸트리아 자치령이 공식적으로 발표되고 하이어 네포스가 대리자가 되어 지배권을 양도받았다.

상황이 어느 정도 마무리되자 삼국동맹군은 라텐베르크 왕국으로 귀환했다. 퀸즈 나이츠 일부와 팔로스 왕국군이었던 3,000의 군세 역시 동맹군에 편입되었다.

그럼에도 동맹군의 총병력은 오히려 8,000까지 줄어 있었다.

자치령의 안정을 위해 켈테론은 5,000에 가까운 군세, 그리고 기사단 일부를 남겨야 한다고 주장했다. 민심의 반발을 염려해서였다.

'팔로스 왕국은 다른 왕국과는 상황이 다르잖습니까?'

그동안 성시한은 다른 왕국에 '공식적'으로 개입한 적이 없다.

젝센가드는 어디까지나 아인츠 1세의 쿠데타에 의해 퇴위된 것이었다.

테오란트는 불의의 사고로 우연히 죽었다. 그리고 켈테론이 퍼뜨린 소문 덕택에 세인들은 성시한이 릴스타인과 레비나에게만 원한을 지닌 것으로 알고 있다.

'대외적으로야, 시한 님이 테오란트를 해코지할 이유는 어디에도 없지요.'

덕분에 에란트 1세는 문제없이 테오란트의 왕권을 계승했다. 딱히 반대할 이유가 없으니 테오란트를 섬기던 기존 세력 역시 자연스럽게 그를 후계자로 인정했다.

'사파란은 정말로 시한 님이 아무 짓도 안 했고 말이죠.'

사파란 왕국 입장에서 성시한은 오히려 '사악한 침략자, 릴스타인'으로부터 자신들을 해방시켜 준 고마운 구원자였다.

카렌이 건재한 이나시우스 교국까지 포함해, 현재 동맹에 속한 이 네 나라는 이계구원자에게 반발할 이유가 없었다. 그러니 수뇌부와 손잡는 것만으로 전폭적인 지지와 협조를 끌어낼 수 있었다.

'하지만 팔로스 왕국은 반발할 이유가 충분합니다.'

아무리 상대가 전설의 영웅이든 뭐든, 일단 백성들 입장에선 십 년 넘게 섬겨온 여왕을 퇴위시킨 자였다. 일이 편하게 돌아갈 리가 없는 것이다.

네포스를 위시한 친동맹파가 권력을 쥐는 동안, 라이첼을 주축으로 한 반동맹파는 저항 세력을 꾸리고 있었다.

'레비나 여왕님의 원수를 갚겠다!'

확실한 목적의식을 지닌 이들은 자치령 각지에 숨어 레지스탕스가 되었다. 릴스타인이 사파란 왕국을 점령한 뒤 겪은 일을 이번엔 성시한이 겪는 셈이었다.

'모든 걸 감안하면 사실 5,000의 병력도 넉넉하다곤 할 수 없는 셈입니다.'

켈테론의 예측은 타당했고, 그래서 삼국동맹군은 충분한 전력을 아칸트리아 자치령에 남겨놓아야 했다.

그렇다 보니 병력상의 손실이 꽤나 컸다. 물론 지금도 추가 병력을 여기저기서 끌어모으고 있지만, 군대란 게 보통은 하늘에서 뚝 떨어지는 건 아니다.

"당장은 릴스타인을 어떻게 할 수가 없겠군. 이놈의 기회란 게 참, 올 듯 말 듯하면서 자꾸 안 오네."

성시한은 의자에 몸을 기댄 채 한숨을 쉬었다.

이제 복수의 대상은 딱 한 명밖에 남지 않았다. 솔직히 조급함도 좀 느껴진다.

"할 수 없잖아요? 세상일이란 게 어디 뜻대로 착착 돌아가던가요?"

알리타가 부드러운 목소리로 그를 달랬다.

시한이 힘없이 고개를 끄덕였다.

"하긴 그렇지. 어차피 릴스타인도 크림슨 나이츠를 도로 충원해 버렸으니."

팔로스 왕국의 멸망이 알려지고, 휘하 귀족들의 불안이 커지자 릴스타인은 또다시 한차례의 사열식을 가졌다.

이번엔 무려 60인에 가까운 숫자의 크림슨 나이츠가, 패왕기는 물론이고 잠형기, 폭렬기, 뇌신기, 염룡기 등 과거 혁명 6영웅의 투기술을 선보여 위세를 떨쳤다.

뿐만 아니라 이번 크림슨 나이츠는 다양한 투기진마저도 사용할 수 있었다. 팔로스 전쟁 때 선보였던 이들보다도 한층 더 발전한 모습이었다.

"그새 또 데이터가 많이 축적된 모양이야? 아, 시간이 흐르면 흐를수록 불리한 건 이쪽인데."

성시한의 한탄에 알리타가 고개를 갸웃거렸다.

"100명은 아니네요?"

이번 사열식에서 릴스타인이 선보인 크림슨 나이츠의 수는 정확히 59명이었다. 대충 계산해 봐도 40명 이상이 빈다.

그럼, 과연 이들은 어디 갔을까?

이를 예상하는 건 전혀 어렵지 않다.

"릴스타인도 이 사태까진 예상하지 못했단 소리지."

성시한의 표정이 풀어졌다. 그가 미소를 지었다.

"우리가 생포한 숫자랑 얼추 비슷하잖아?"

알리타의 피로 붙잡은 39인의 크림슨 나이츠는 현재 라텐베르크 왕실 지하에 엄중히 봉인되어 있다.

"우리가 저들을 붙잡고 있는 한, 릴스타인도 저 숫자 이상은 유지하지 못하지."

"하지만 릴스타인이 포로가 된 크림슨 나이츠를 포기하고 지배력을 풀어버릴 수도 있지 않나요? 아니면 혹시 그렇게는 못 하는 걸까요?"

성시한은 고개를 가로저었다.

"아, 그건 상관없어."

그리고 자신만만하게 말했다.

"할 수 있든 없든, 어차피 릴스타인은 저들의 정신 지배를 풀지 못할 테니까."

* * *

릴스타인은 고민에 잠겨 있었다.

"이거 참… 이러지도 저러지도 못하게 됐군."

예상 밖의 일로 크림슨 나이츠가 40인 가까이 생포되었다. 덕분에 그가 다룰 수 있는 전력도 60명 수준으로 줄었다.

"그렇다고 저들을 버릴 수도 없고."

크림슨 나이츠 자체는 얼마든지 충원할 수 있다. 그가 지배할 수 있는 한계가 100, 정확히는 103명일 뿐이다. 그러니 성시한에게 붙잡힌 39인의 지배력을 풀어버리면 얼마든지 새로운 크림슨 나이츠를 만들어낼 수 있다.

하지만 그럴 수는 없었다.

만약, 성시한 손에 들어간 크림슨 나이츠의 지배력을 풀어버리면 어떤 일이 일어날까?

일단 정신 지배가 풀리면서 지구인들이 다시 이성을 되찾겠지. 지금이야 지배 술식 자체에 자폭 코드를 심어놔 시한 측도 함부로 저들의 정신을 되돌리지 못하고 있겠지만, 지배력을 거두어 버리면 쉽게 해지할 수 있을 것이다.

그럼 정신 차린 지구인들이 성시한과 조우하게 될 텐데, 과연 어떤 대화가 오갈까?

'으으, 여기가 어디요?'

'지구인이시죠? 저도 지구인입니다. 여긴 테라노어라는 세계인데…….'

성시한이 대충 주절주절 테라노어에 대해 썰 좀 풀 것이고.

'아니, 그럼 대체 내가 왜 여기 있는 것이오?'

'그게 말입니다, 릴스타인이란 천인공노할 놈이 여러분을 이 세계로 데려와서 막 정신도 부수고, 노예로도 부리고, 목숨도 펑펑 날리게 하고…….'

'그런 빌어먹을 놈이 있나! 내 그놈을 조져 버리겠다!'

상대가 무력한 일개 지구인이라면 분노하든 말든 릴스타인이 알 바 아니겠지만, 지금 생포된 지구인들은 무려 초인급 소드하이어다.

여기서 지배력을 풀어버리면 성시한에게 초인급 소드하이어 39인을 그냥 넘겨주는 꼴이 되는 것이다!

'절대 그럴 순 없지.'

릴스타인은 고개를 설레설레 저었다.

어떻게든 붙잡힌 이들을 다 죽인 후에야, 새로 크림슨 나이츠 충원이 가능하다.

'그게 아니면……'

그의 시선이 상아탑 최상층에 펼쳐진 마법진으로 향했다. 적룡의 망토를 휘감고 있는 어지러운 광자 술식, 그 빛의 파이프라인이 다섯 갈래로 갈라져 벽면과 닿아 있었다.

빛이 연결된 벽면에 부착된 커다란 마도의 관, 그 속에 5인의 벌거벗은 근육질 남성이 갇혀 있는 것이 보인다.

릴스타인은 혀를 찼다.

'저것들이 빨리 완성되어야 할 텐데.'

*　　　*　　　*

왕비, 레비나를 잃은 릴스타인은 동맹군, 그리고 그들의 수장인 성시한을 맹렬히 비난하며 공식으로 선전포고를 던졌다.

"일월성신의 이름으로 죽어간 아내의 복수를 하겠다! 이제 우리 사이에 우정은 존재치 않으니 그는 짐의 적이노라!"

하지만 바로 군사적 행동으로 옮기진 않았다.

사국동맹도, 릴스타인도 아직은 전쟁을 일으킬 준비가 되어 있지 않았다. 당장은 서로가 전력 보강에 힘써야 할 시기였다.

말루프의 백경기사단은 일단 테오란트 왕국으로 돌아갔다.

카렌과 호트렌, 청월기사단 역시 이나시우스 교국으로 귀환한 뒤 이어질 결전을 위해 준비 중이었다.

그러는 동안 성시한은 내내 창천기사단 본부의 개인 연구실에 처박혀 있었다.

데 아칸트리아에서 들고 온 릴스타인과 관련된 자료를 연구하기 위해서였다.

"…연구 전에 정리하는 데만도 며칠은 걸렸지만 말이지."

시한은 서류가 종류별로 놓인 책장을 바라보며 어깨를 으쓱였다. 곁에 서 있던 백금발의 소녀가 한숨을 푹 내쉬었다.

"아, 힘들었죠."

레비나가 모아놓은 이 정보들은 함부로 유출시킬 수 있는 성질의 것이 아니다. 그렇다고 성시한 혼자 정리하기엔 자료가 너무 방대하다.

충분히 신뢰할 수 있는 유능한 조수가 필요했다.

신뢰할 수 있는 이들은 많았다. 창천기사단은 성시한을 위해 목숨도 바칠 수 있는 믿음직한 이들이었다.

문제는 신뢰도뿐 아니라 유능함, 즉 자료를 파악하고 정리할 충분한 이해력을 지닌 조수로서의 능력이었다.

여기서 창천기사단 대부분이 우수수 탈락해 버렸다. 하나같이 칼 밥 먹던 작자들이라 글줄 읽기도 벅찬 마당에, 도서관 사서 노릇이 가능할 리 없는 것이다.

덕분에 도울 수 있는 사람은 알리타와 우드로우, 제논뿐이었다.

알리타야 원래 출신이 출신인지라 그렇다 치고, 우드로우도 실은 꽤나 가방끈이 긴 편이었다. 괜히 그가 이계구원자 관련 소설을 써서 팔아먹을 수 있었던 게 아니다. 어릴 적엔 공부깨나 했던 것이다.

반면 에세드는 무술 이론 정립은 잘해도 이런 쪽에는 그리 재능이 없었다. 그리고 의외로 순수한 전사 출신인 제논이 이런 정보 수집, 정리, 요약에 비상한 재주를 보였다.

하도 신기해 성시한도 따로 물어볼 정도였다.

'제논 너, 예전에 무슨 첩보 일 한 적 있냐? 어떻게 이렇게 잘해?'

'그건 아니지만 평소에도 자주 하던 것이어서…….'

'기사가 이런 거 할 일이 어디 있다고?'

'그냥 이계구원자 관련 물품이나 서적을 구입하고 정리, 분류하다 보니…….'

'…그만, 거기까지. 더 안 들으련다.'

하여튼 쓸모는 있었다.

세 사람의 도움을 받아가며 이런저런 내용을 파악했다. 그리고 결국 쓸 만한 걸 건졌다.

시한은 서류 하나를 손에 들고 진지한 얼굴로 중얼거렸다.

"과거 루스클란 제국의 황도 클라틸이라……. 아니, 이제는 마경 클라틸이라 했던가?"

어차피 당장 릴스타인 왕국을 어찌할 수는 없다. 그래서 성시한은 이참에 릴스타인의 비밀부터 캐내기로 마음먹었다.

"운 좋으면 뭔가 약점을 찾을 수 있을지도 모르잖아?"

세인의 시선을 끌지 않으려면 역시 소규모로 움직이는 것이 좋다.

일단 첫 번째로 선택한 동행은 당연하겠지만 알리타였다. 그리고 디나도 그녀의 종자로 함께 움직이게 되었다.

한국인 관점에선 아직 어린애를 괜히 위험한 곳에 데리고 다니다 쓸데없는 약점을 만드는 것이 아닌가 싶겠지만, 원래 종자 제도란 건 저런 위험을 겪으며 경험을 키우라고 있는 것이다.

다음 타깃은 제논이었다.

'그런데 바락 영감님이 과연 놓아주려나?'

지금도 제논은 바락 밑에서 착실하게 패왕기 수행을 계속하고 있었다. 수행 시간이 줄어드는 걸 바락이 좋게 여길 리가 없었다.

그래도 혹시 몰라서 성시한이 슬쩍 운만 띄워보았는데…….

"시기가 나쁘지 않구나. 제논, 그 녀석도 슬슬 배운 기술들을 스스로 정립해 볼 때지. 언제까지 내가 봐줄 수만은 없지 않느냐? 가끔은 홀로서기도 해봐야지."

의외로 흔쾌히 허락해 주었다.

'어? 이렇게 순순히 허락해 줄 영감이 아닌데?'

수상쩍게 여긴 시한이 자세히 추궁해 보니 진실이 튀어나왔다.

'사, 사실은 나도 시간이 좀 필요해서 말이다. 캐서린을 집에 좀 데려다주고 와야 하니…….'

쑥스러워하는 90살 할아버지 옆에서 20대 꽃다운 나이의 여인이 배를 만지며 얼굴을 발갛게 붉힌다.

창천기사단 본부에서 일하던 하녀였다. 듣자 하니 슬슬 임신 2개월이라던가?

'그새 또 여자를 후렸어요?!'

'개새끼.'

'나쁜 놈.'

소나기처럼 쏟아지는 창천기사단의 비난 속에서도 바락과 캐서린은 마냥 좋아하고 있었다. 이마를 짚으며 성시한은 한탄을 터뜨렸다.

'아니, 재는 저런 노인네가 뭐가 좋다고 홀딱 넘어간 거야?'

실로 불가해의 영역이었다. 알고 싶지도 않았다.

'아, 뭐, 자, 잘됐네요.'

어쨌든 이걸로 제논도 동행할 수 있게 됐다. 그 사실에 시한은 크게 기뻐했다.

'오예! 밥!'

'밥이라뇨? 제 검이 필요하신 게 아니었습니까!?'

'아, 물론 그대의 검이 필요하지, 제논. 암, 그렇고말고.'

부엌칼도 일단은 검이다.

"……."

미심쩍어하면서도 제논은 짐을 챙겼다. 출발 날짜가 정해지고 다들 여행 준비를 갖출 때였다.

좀 의외의 동행이 생겼다.

"저도 함께 갈래요, 시한."

"엥? 언제 왔어, 카렌?"

이나시우스 교국으로 돌아갔던 카렌이 소식을 들었는지, 갑자기 라텐셀에 나타났던 것이다.

"초대 루스클란 황제라면 역사상 최강의 마기언이었잖아요. 그런 사람의 유적인데 무슨 일이 생길지 어떻게 알아요? 시한만 보낼 순 없어요."

"나야 물론 좋지만, 나랏일은?"

"어머? 우리 시디아, 나랏일 잘해요."

"…요새 은근히 책임감 좀 무뎌진 거 아냐, 카렌?"

어쨌든 모든 동행이 결정되었다.

성시한, 알리타, 카렌 이나시우스, 제논, 그리고 디나까지.

이렇게 다섯 명이 왕도 라텐셀을 떠나 과거 제국의 폐허를 향해 길을 떠나게 되었다.

*　　　*　　　*

천 년 동안 번성했던 루스클란 제국.

저 기나긴 세월 동안 황도 클라틸은 제국의 수도였고, 그런 만큼 규모도 엄청났다.

대륙 최대의 건축물인 황궁 루스클라니움을 비롯해 수많은 귀족들의 저택, 수십 ㎞에 걸쳐 뻗어 있는 육중한 삼중 성벽과 100만 호에 달하는 가옥까지.

전성기의 클라틸은 분명 테라노어의 모든 문화와 기술이 총집결된 위대한 도시였다.

“그것도 다 옛말이군요.”

알리타는 주위를 둘러보며 쓴웃음을 지었다.

황제의 딸이었던 그녀에게 황도 클라틸은 곧 고향이기도 하다. 하지만 돌아온 고향은 추억과는 전혀 달랐다.

사방이 불타고 무너진 폐허였다. 과거의 영화는 간데없고 빛바랜 흔적만이 가득했다.

지옥의 군대조차도 막을 수 있을 것 같았던 군건한 삼중 성벽은, 허물어질 대로 허물어져 처참한 파괴의 잔해만 남아 있었다.

알리타가 무너진 성벽을 바라보며 아쉬워하자 시한이 지나가듯 한마디 했다.

"어, 그거 무극천광 흔적."

그녀는 실소했다.

"어쩐지 어디서 많이 본 것 같더라니……."

좀 더 길을 걷자 거대한 탑이 나왔다.

아니, 정확히는 한때 거대한 탑이었던 폐허였다. 탑이 허리부터 날아가 석조 파편이 사방에 흩어져 있었다.

"어, 그거 아케인 퍼니시먼트 흔적."

좀 더 가보니 케이크를 쪼갠 것처럼 난도질된 황족의 저택도 나오고…….

"어, 그거 십이지검 흔적."

어린 시절 알리타가 뛰어놀았던, 지금은 왕창 갈아엎어진 커다란 정원도 보이고…….

"어, 그거 내 투기진 흔적."

한때 맑은 물이 흐르고 아름다운 다리가 놓여 있었지만 지금은 물도 말라붙고 다리도 박살 난 트렌 강의 모습도…….

"어, 그거 서먼 코메트……."

알리타는 기가 막혀 시한을 돌아보았다. 추억의 장소마다 죄다 박살이 났는데, 전부 이 인간 짓이었다.

"아니, 무슨 도시를 혼자 다 부쉈어요?"

"꼭 그런 건 아닌데, 아무래도 내가 제일 파괴력이 높다 보니 앞장서긴 했지."

머리를 긁적이던 성시한이 갑자기 눈을 빛내며 도시 한쪽을 가리켰다. 원래는 일월성신의 예배당이었지만 지금은 거대한 손아귀가 으스러뜨린 것처럼 붕괴된 건물이었다.

"아, 저건 카렌이 부쉈어!"

카렌은 성시한을 향해 눈을 흘겼다. 지금 저 소리를 왜 하는 걸까? 같이 뒤집어쓰자고?

알리타의 진짜 신분을 모르는 그녀에겐 굉장히 뜬금없는 소리인 것이다.

뭐, 거짓말은 아니었지만.

"…맞아요, 저긴 제가 부순 곳이네요."

문득 알리타는 성시한과 카렌을 바라보았다.

'내가 침대 밑에 숨어 벌벌 떨면서 울고 있을 때, 이 두 사람은 밖에서 이렇게 세상을 바꾸고 있었단 말이지?'

당시 일곱 살짜리 어린애였던 알리타에게 황도 클라틸로 쳐들어온 혁명군은 실로 공포의 대상이었다. 이계구원자도, 불사의 마녀도 그저 악몽 속의 괴물로만 느껴졌다.

그런데 지금은 이렇게 어깨를 나란히 하고 걷고 있다.

새삼 신기하게 느껴진다.

'인연이란 알 수 없는 것이라더니…….'

그녀는 고개를 저으며 걸음을 옮겼다.

*　　　*　　　*

클라틸 외곽은 온통 폐허에 인기척도 없었다. 하지만 도시 중심부로 이동하자 조금씩 사람들이 보이기 시작했다.

하나같이 복장들이 비슷했다. 시한 일행과 마찬가지로, 펑퍼짐한 로브로 전신을 가리고 두건을 깊게 눌러쓴 차림이었다.

오늘 열리는 암시장을 이용하려는 은밀한 고객들이었다.

삼삼오오 무리를 지어 움직이는 저들을 보며 시한이 말했다.

"이래서 일부러 암시장이 열리는 날에 왔으니까."

마경 클라틸은 그 특성상 유동 인구는 엄청나지만 상주 인구는 극히 적다. 애당초 이곳의 주민들은 법적으로 존재하지 않는 것이다. 외지인이 눈에 안 띄고 돌아다니려면 날짜를 맞출 필요가 있었다.

시한 일행은 정체를 숨긴 채 거리의 골목 안쪽으로 들어섰다. 골목 입구는 박살 난 폐허일 뿐이었지만 안쪽은 달랐다.

온갖 천막이 펼쳐져 있고 시끌시끌한 소리가 들려온다.

“사파란 왕국에서 들어온 명주가 한 병에 은화 열 닢이오!”

밀주상이 등 뒤에 술 상자를 쌓아두고 호객 행위에 열중하고 있었다.

“사랑의 묘약을 팝니다! 이거 한 방울이면 아무리 콧대 높은 미녀라도 한 방에!”

온갖 기괴한 물품을 쌓아둔 주술사가 음침한 미소와 함께 상품을 과시하는 중이었다.

마법이 실존하는 테라노어에서도, 아니, 오히려 마법이 실존하기에 근거 없는 민간 주술 역시 널리 퍼져 있었다. 물론 실제로 효과가 있는 주술은 거의 없다. 효과가 있으면 그 시점에서 이미 마법인 것이다.

“그리고 저건 주술이라기보다는 그냥 마약이잖아.”

성시한은 혀를 차며 계속 암시장 사이를 걸었다.

주위를 두리번거리며 제논이 신기한 듯 물었다.

“암시장이라고 해서 긴장했는데 의외로 보통 시장과 분위기는 별 차이 없군요. 전부 장물이거나 불법적인 물건들일 텐데, 저렇게 소리를 질러도 되는 겁니까?”

“무슨 상관이겠어? 어차피 여기선 그놈이 그놈인데.”

한편에선 전쟁터에서 수거한 온갖 무기며 갑옷들을 파는 이들도 있었다.

특히 시한 일행을 실소하게 만드는 외침도 있었는데…….

"이것이 바로 이계구원자의 삼신기 중 하나, 마갑 루브레스크라오!"

…라면서 그럴싸하게 생긴 풀 플레이트 아머에 휘황찬란한 금칠을 한 뒤 어마어마한 가격을 붙여서 팔고 있다.

디나가 화들짝 놀라 성시한에게 물었다.

"진짜예요?"

"그럴 리가 있겠냐!?"

애초 루브레스크는 금색도 아니다. 단지 무신기가 발동하고 나면 전신이 금빛으로 물들기에 저런 오해가 생겼을 뿐이지.

뒤 세계 암시장 따윌 와볼 일이 없었던 알리타와 디나, 제논은 연신 신기한 듯 두건 아래로 눈동자를 데굴거렸다.

그렇게 골목 하나를 지나치던 중이었다.

"음?"

제논이 가판대 하나를 보며 고개를 갸웃거렸다.

인상 안 좋은 아주머니 하나가 화로를 놓고 꼬치구이를 팔고 있었다. 대륙 최악의 마경, 온갖 범죄의 온상인 무법 도시에서 볼 거라곤 상상 못 해본 광경이었다.

"이런 암시장에서도 군것질거리를 파는군요?"

카렌이 별거 아니란 듯 대꾸했다.

"도적들도 간식은 좋아하니까요."

꼬치구이를 본 성시한이 카렌을 돌아보며 눈을 빛냈다.

"오랜만에 하나 먹어볼까?"

"그럴까요?"

두 사람이 재밌겠다는 표정으로 화로로 다가갔다. 그리고 꼬치 두 개를 들고 사이좋게 돌아온다.

제논이 호기심 어린 표정으로 물었다.

"무슨 고기입니까?"

"시궁쥐 구이."

장난기 섞인 성시한의 대답에 알리타와 디나, 제논이 약속이라도 한 듯 뒤로 물러섰다.

"어머!?"

"꺅!"

"캑! 쥐고기였습니까?!"

곱게 자란 디나는 물론이고, 알리타와 제논도 인상이 와장창 뭉개졌다.

반면 성시한과 카렌은 스스럼없이 입에 가져가고 있었다.

"옛날 생각나네."

"그러게요."

지금이야 전설의 영웅이니 일국의 여왕이니 하지만, 십 년 전엔 궁핍하기 그지없던 두 사람이었다. 제국에게 쫓기던 시절에도 그랬고, 혁명군이 자리를 잡은 후에도 보급이 한 번 끊

기면 수시로 굶어야 했다.

“먹을 것 없을 땐 벌레도 먹고 살았는데? 쥐고기 정도면 준수하지.”

“그리고 벌레도 구우면 의외로 맛있어요.”

“그러고 보니 지렁이 으깨서 경단 만들어 먹었던 적도 있었지?”

“없어서 못 먹었지요, 그건.”

두 사람의 대화를 따라갈 수가 없었다. 알리타와 디나는 질린 표정으로 고개를 저었다.

“아우…….”

“에엑…….”

그리고 제논은 감동하고 있었다.

“그렇지요, 무릇 진정한 영웅이라면 고난과 역경을 뚫고 승리를 쟁취하는 법이지요, 암.”

여하튼 전체적으로 혼잡하고 지저분한 곳이었다.

천막과 천막들 사이, 허물어져 가는 건물마다 잡초가 가득하고 거미줄도 무성하며 온갖 폐수가 고여 있다. 무법자와 범죄자들이 주변 청소를 성실하게 하며 살 리가 없는 것이다.

그나마 다행인 건, 워낙 클라틸의 기존 관개수로가 잘 발달되어 있어 폐허가 된 지금도 하수로 설비는 제법 쓸 만하다는 것이었다. 덕분에 곳곳에 오물이 쌓여 냄새를 풍기는 그런 최악의 상황만큼은 피했다.

그 광경을 상상하며 성시한은 혀를 내둘렀다.

'만약 저랬다면 제논은 들어오지도 못했을걸?'

시간이 지나며 점점 제논의 안색이 굳어가는 건 사실이었다. 혐오스럽다는 표정으로 주위를 둘러보며 그가 작게 말했다.

"용케도 이런 장소가 유지되는군요. 왜 육왕국이 이런 곳을 그냥 내버려 두는 것인지 모르겠습니다. 군대로 싹 밀어버리면 깔끔해질 텐데……."

육왕국의 수장 중 한 명, 카렌 이나시우스가 고소를 지으며 말했다.

"이제 겨우 십 년밖에 안 지났으니, 다들 그럴 여유가 없었죠."

시한 일행은 계속 사람들 사이에 스며들어 암시장 속을 걸어갔다. 소매치기 혹은 강도질 등의 범죄가 일상인 곳이었지만 이들에겐 아무 일도 일어나지 않았다.

무릇 범죄란 것도 상황 봐서 일어나는 법이다. 그리고 현재의 시한 일행은 척 봐도 만만치 않은 분위기가 풍기는 것이다.

안목 없는 범죄자가 보기엔 2미터 거구의 제논이 너무 한가락 하게 생겼다.

안목 좋은 놈이 보기엔 성시한이나 카렌의 태도가 너무 자연스럽다.

초짜와 숙련자는 분위기부터가 다르다. 제논이나 알리타, 디나야 차치하고서라도 성시한과 카렌은 예전부터 이런 뒷골목 사정에 익숙했고(당장 도적들의 여왕이 같은 동료였다), 그 자연스러움은 감히 이들을 건드리지 못하게 하고 있었다.

"하긴, 일이 터졌다 해도 어차피 아무 문제 안 되긴 마찬가지였겠지만."

"일개 도둑놈들이 이계구원자와 불사의 마녀를 건드려서 참 좋은 꼴 보겠다. 그쵸, 마스터?"

알리타와 디나가 서로를 보며 방긋 웃었다. 주변의 눈치를 보며 제논이 입가에 손가락을 가져갔다.

"쉿! 둘 다 목소리 좀 낮춰."

*　　　*　　　*

대륙 최악의 무법 도시를 마치 놀이공원이라도 되는 듯 거닐다 보니 어느새 암시장을 빠져나왔다.

"구경이야 잘했다만, 우리 목표는 여기가 아니니까."

시한의 말대로, 이들의 진짜 목적지는 황도 클라틸 정중앙에 위치한 황성 루스클라니움이었다. 사람들 눈에 안 띄기 위해 암시장을 찾은 손님으로 위장했을 뿐이다.

암시장이 위치한 중앙 거리를 벗어나자 또다시 인적 없는 폐허가 펼쳐졌다.

끝없이 펼쳐진 붕괴된 거리, 사방에 잡초와 덤불이 가득하고 수시로 건물이 붕괴하며 흙먼지를 피운다.

우르릉!

저 멀리 들려오는 굉음을 뒤로하며 시한 일행은 계속 움직였다.

이윽고 폐허 너머로 거대한 건축물의 윤곽이 나타났다. 파괴될 대로 파괴되었음에도 워낙 규모가 크다 보니 원형을 상당히 간직하고 있었다.

감회가 새롭다는 얼굴로 시한이 뇌까렸다.

"슬슬 보이네."

이 세계로 소환된 그가 처음으로 발 디딘 곳.

온갖 지옥을 맛보았고, 결국 그의 손에 의해 파괴되어 버린 광제의 성.

"그러게요."

알리타 역시 감회가 새롭긴 마찬가지였다. 나고 자란 고향이자, 사랑하는 어머니와의 추억이 가득한 장소인 것이다.

그만큼 아버지와의 안 좋은 추억도 가득해서 문제지만.

그리운 건지, 치가 떨리는 건지 애매한 얼굴로 그녀가 중얼거렸다.

"…루스클라니움이네요."

폐허가 된 황성 루스클라니움은 마경 클라틸 내에서도 금지 중의 금지로 여겨지고 있었다. 이곳만은 세상 무서운 줄 모르는 무법자나 범죄자들도 함부로 접근하지 않았다.

원통하게 죽어간 루스클란의 악령들이 배회하며 접근한 이들이 영혼을 빼앗아 간다고 믿고 있기 때문이었다.

과연 사람들이 그렇게 믿을 만큼 을씨년스러운 분위기였다.

무너진 회색빛 건물들, 불타 버린 수많은 잔해들, 사방에 굴러다니는 인골들, 한여름의 대낮인데도 불구하고 묘하게 한기가 돈다.

알리타가 주위를 둘러보며 시한에게 속삭였다.

"정말 악령들이 나오는 걸까요?"

도적들에게야 공포의 대상이겠지만, 루스클란의 악령이 실존한다면 그녀의 입장에선 참 미묘할 것이다. 일단은 친인척이 아닌가?

'어쩌면 죽은 엄마도…….'

"에이, 설마?"

시한은 손사래를 쳤다.

"그냥 미신이겠지. 유령이란 게 그렇게 쉽게 나올 수 있는 것도 아니고."

사람 좀 많이 죽었다고 유령 출몰 지역이 되었다면, 십 년 전엔 테라노어 전역에 악령이 들끓었을 것이다.

"당시 원통하게 죽은 사람이 얼마나 많았는데?"

카렌이 고개를 갸웃거렸다.

"그런 것치곤 너무 두려워하던데요?"

폐허가 된 제국의 황성이라면 도굴꾼들의 성지나 다름없다. 자그마치 천 년 동안 대륙의 부를 축척한 곳인 것이다.

십 년 전 털릴 만큼 털리긴 했지만, 아직도 숨겨진 황실의 비밀 금고 같은 것이 남아 있을 가능성은 크다. 실제로 요즘도 간간이 시도하는 도굴꾼들이 있다고 들었다.

"그런데도 저런 소문이 끊이지 않는다는 건, 실질적인 피해가 나왔다는 의미가 아닐까요?"

카렌의 의문에 시한이 어깨를 으쓱거렸다.

"가보면 알겠지?"

시한 일행은 일단 로브부터 벗었다. 여기서부터는 굳이 시선을 신경 쓰지 않아도 되니 불편한 로브 차림을 고수할 필요도 없었다.

다들 전투에 유리한 복장을 갖췄다. 가죽 갑옷을 입은 성시한과 제논, 하프 플레이트 아머 차림의 알리타와 사슬 갑옷을 걸친 디나, 카렌 역시 교단 특유의 헐벗은(?) 모습이 되었다.

무장을 한 채 일행은 조심스럽게 루스클라니움 안쪽으로 접근했다.

붕괴된 담벼락 사이로 들어가니 잡초가 무성한 정원이 나왔다. 황궁의 대정원이었다.

물이 끊긴 분수대를 지나 검불 벽을 따라 걸어갈 때였다.

갑자기 사방에 안개가 끼며 음산한 목소리가 들려오기 시작했다.

"산 자여……."

"저주받을지니……."

"이곳은 금지된 곳이다……."

"생(生)을 지닌 자, 사자(死者)의 먹이가 되리……."

안개 저편에서 희끄무레한 인간의 형체가 모습을 드러낸다. 반투명한 유령들이 냉기를 발하며 몰려온다.

제논이 대검을 뽑아 들었다.

"습격인가!?"

알리타도 디나와 등을 맞대고 전투태세로 돌입했다.

"검을 뽑아, 디나!"

"네, 마스터!"

반면 성시한과 카렌은 시큰둥했다.

"뭐가 나오긴 나오네?"

"루스클란의 악령들일까요?"

"그런 것치곤 말투가 이상하잖아? 보통 유령이 자기 자신을 사자(死者)라고 칭하나?"

"그렇죠?"

한가한 대화가 오가는 와중에도 악령들은 안개 속을 유영하며 포위망을 좁혀왔다. 긴장하며 제논과 알리타, 디나가 투기를 끌어올렸다.

하지만 이들이 힘을 쓸 기회는 없었다.

"귀찮군요."

카렌이 혀를 차며 가볍게 손짓을 했다.

"훠이, 훠이."

대충 손을 들어 허공을 휘휘 젓는다. 파리를 쫓아도 이것보단 성의가 있을 것이다.

그런데 사방에서 처절한 비명이 터졌다.

"끄어어억!"

"아아아아아악!"

"꺄아아아아!"

귀곡성이 울려 퍼지며 악령들이 일제히 녹아내렸다. 알리타와 디나가 입을 쩍 벌렸다.

"우와……."

안개를 가득 메웠던 악령들이 모조리 사라지는 데 딱 3초 걸렸다.

제논이 헛웃음을 흘리며 도로 대검을 등 뒤에 찼다.

"하긴, 카렌 님이 계시지."

상대는 달의 교황, 그것도 일월성신을 통틀어 테라노어 최강의 프린인 것이다. 그런 카렌 앞에 감히 악령 따위가 모습을 드러냈으니, 당연한 결과였다.

일행은 계속 걸음을 옮겼다.

안개 사이로 계속해서 악령들이 나타났고…….

"훠이, 훠이."

"아아아아아악!"

"꺄아아아아아!"

…같은 상황이 반복되었다.

시한 일행은 안락하고 편안하게 반파된 백합궁 내로 진입했다. 무너진 기둥을 살피며 문득 시한이 알리타에게 물었다.

'혹시 아는 얼굴 있었어?'

정말 루스클란의 악령들이었냐는 질문이었다. 알리타가 쓴웃음을 지었다.

'제 이모가 만 명이었거든요? 제가 무슨 수로 알아보겠어요?'

그래도 일단 죽은 엄마는 없었던 것 같다. 이걸 좋아해야 할지, 말아야 할진 모르겠지만.

"흐음."

잠시 생각에 잠긴 시한이 뒤를 돌아보며 물었다.

"누군가가 일부러 이런 판을 깐 것 같지?"

악령들의 출몰 패턴이나 대사(?)를 보면 절대 자연적인 현상은 아니다. 뭔가의 명령에 복종하는 모습이다.

"사기(邪氣)의 흐름이 영 자연스럽지 않아. 잘 숨겨놓긴 했지만 역시 인위적인 부분이 느껴져."

카렌이 고개를 끄덕였다.

"안개의 느낌이 익숙해요. 릴스타인의 사령술, 미스트 오브 댐드(mist of dammed)겠죠."

"타인의 접근을 막기 위해 설치한 모양이군."

소환계, 초환계, 부여 마법의 대가로 알려져 있지만, 릴스타인은 사령술, 네크로맨시 계열에도 일가견이 있었다. 사령술의 이미지가 워낙 좋지 않아 드러내지 않았을 뿐이다.

이 악령 출몰의 원인이 릴스타인이란 소리를 듣고 제논이 한탄을 터뜨렸다. 새삼 저런 악마에게 충성을 맹세한 과거 자신의 어리석음이 원망스럽다.

"아! 죽은 자의 영면조차 방해하다니… 실로 사악하기 그지없는 행위로군요!"

그런데 카렌이 어깨를 움츠리며 사죄했다.

"…죄송해요."

"네?"

제논은 당황했다. 자신은 릴스타인을 욕했는데, 어째 카렌이 얼굴을 붉히며 부끄러워하고 있었다.

성시한이 그녀를 가리키며 재미있다는 듯 말했다.

"당시 그 마법 개발을 도와준 사람이 카렌이었거든."

"…그때는 고양이 손이라도 빌리고 싶을 만큼 다급했었으니까요."

당시 혁명 7영웅에게 있어 루스클란 제국은 때려죽여도 모자랄 철천지원수였다. 그래서 실제로 때려죽이고 나서도, 이렇게 스펙터나 고스트로 변화시켜 전력에 추가하곤 했다.

혁명군이라고 마냥 도덕적으로 깨끗하고 정의롭지만은 않았던 것이다. 그리고 십 년 전에는 카렌도 은근히 현실과 타협을 잘하는 편이었다. 오히려 테오란트가 워낙 고지식해 이런 불의를 용납하지 못하는 성격이었지.

"죄악이라는 걸 몰랐던 건 아니지만 상황이… 물론 그렇다고 용납될 수 없는 일임에는 분명하지만……."

"아, 아닙니다, 카렌 님. 음, 어……."

제논은 고개를 푹 숙인 카렌을 보며 말을 더듬었다. 거참, 분위기 애매하게 되어버렸다.

"자자, 어쨌거나……."

시한이 화제를 바꿨다.

"제대로 오긴 했다는 소리잖아, 이거?"

릴스타인의 흔적이 발견되었다는 의미는 곧, 레비나의 정보가 상당히 신빙성이 높다는 의미도 된다.

성시한이 황성 안쪽을 노려보며 눈을 빛냈다.

"그럼 입구를 찾아볼까?"

*　　　*　　　*

릴스타인의 왕비로 지내던 시절, 레비나는 수시로 그의 발자취를 쫓아 기밀을 탐색했다. 그리고 시프 퀸이라는 이명이 부끄럽지 않게 한 번도 들키지 않았다.

하지만 그다지 많은 정보를 얻을 수도 없었다. 워낙 릴스타인이 조심성이 많다 보니 운신에 한계가 있었던 것이다.

그래도 얻은 몇몇 단서를 토대로 추측은 할 수 있었다.

일단 저 정체불명의 공간은 릴스타인 왕국 수도, 델스트로이에 위치한 것이 아니었다. 그보다는 훨씬 떨어져 있는 대륙 어딘가였다.

천외천을 다루며 본능적으로 공간 좌표를 느낄 수 있는 그녀였기에 알 수 있는 사실이었다. 정확한 지리적 위치까지야 알 수 없겠지만, 원래 지정했던 공간 좌표로부터 하염없이 멀리 떨어져 있다는 사실 정도는 알아챌 수 있는 것이다.

이는 굳이 릴스타인의 눈치를 보지 않아도 다른 루트를 통해 저 공간에 진입할 수 있다는 의미가 된다.

또 하나의 단서를 통해 저 장소를 찾는 방법도 찾아냈다.

온갖 기괴한 마법 물품과 도구들, 복잡한 마도 시스템이 가득한 곳이었다. 마기언도 아닌 레비나가 이해할 수 있을 리 없었다.

하지만 도적이기에 쉽게 알 수 있는 점도 있었다.

적어도 눈앞의 물건이 골동품인지 신품인지, 오리지널인지 복제품인지는 알아볼 수 있는 것이다. 그리고 그 장소엔 최소 수백 년은 묵은 오래된 물건과 아무리 봐도 제작한 지 채 십 년이 되지 않은 물품들이 혼재했다.

아마도 릴스타인이 이 오래된 유적을 우연히 발견했으리라. 당시만 해도 대부분의 시스템이 잠자고 있어 정상적인 가동이 불가능했겠지. 그걸 시간을 들여 보수하며 재가동시켰을 것이다.

그렇다면 그 과정에서 당연히 물자 이동이 있었을 것이고, 릴스타인 혼자서 이 다량의 기자재를 들고 날랐을 리는 없으니 분명 흔적이 남게 되어 있다!

도적들의 여왕, 은형의 레비나는 테라노어 전역의 뒤 세계에 영향력을 미치고 있었다. 그들을 움직여 정보를 수집케 했다.

'비밀리에 마법적, 건축학적 자재나 기물이 움직였던 흔적을

찾아라.'

대륙 각지에서 온갖 정보가 모였다. 그리고 그중엔 마경 클라틸의 정보도 있었다.

그러나 그 사실은 미처 레비나에게까지 전해지진 못했다.

정보는 전달되었으나 살펴보질 못한 것이다. 그때는 이미 성시한과 삼국동맹군을 상대로 전쟁을 준비하느라 여력이 없었다.

시한은 뒤늦게 자신의 손에 들어온 자료를 재차 떠올리며 주위를 두리번거렸다.

"분명 이 근처 어디일 텐데……."

멀쩡할 때도 복잡했던 루스클라니움이었는데, 이토록 무너져 있으니 동서남북도 구별하기 힘들 지경이다.

카렌이 물었다.

"입구의 정확한 위치는 안 나와 있던가요?"

"응, 황궁 루스클라니움 서북쪽 어딘가라고만 되어 있었어."

문득 알리타가 손으로 입을 가렸다.

"어머, 서북쪽이면……."

"왜, 알리타?"

황궁 서북쪽은 광제의 애첩들이 지내던 장소였다. 다른 사람들에게 안 들리게 알리타가 나직이 속삭였다.

'내가 살던 곳이에요.'

시한 일행은 후궁이 세워져 있던 폐허 쪽으로 걸음을 옮겼다.

점점 알리타의 표정이 부드러워졌다. 싫은 기억이 많았던 곳이지만, 어쨌든 그리운 옛집이었다.

하지만 막상 도착해 보니…….

“싹 쓸렸네요.”

후궁이 있던 장소 역시 다른 곳과 처지가 같았다. 와장창 무너져 있다는 소리다.

“나 아냐! 흔적 봐봐. 사방에 구덩이 움푹움푹 파였지? 이건 거인의 손 흔적이라고. 젝센가드 짓이네.”

알리타가 발뺌하는 시한을 보며 피식 웃었다.

‘아무 말도 안 했는데 왜 지레짐작이래?’

하여튼 자료에 나온 장소까진 왔다. 하지만 여전히 입구를 찾기에는 요원해 보였다. 죄다 부서져 있긴 마찬가지니까.

시한이 난감해하며 알리타에게 속삭였다.

‘어릴 때 뭔가 수상쩍은 장소 본 적 없었어?’

‘일곱 살짜리 어린애에게는 황궁의 모든 것이 다 수상쩍답니다.’

하긴, 루스클라니움이 얼마나 거대했는데, 당시의 알리타가 그런 걸 알 수 있을까?

제논이 뭔가 기대하는 표정으로 물었다.

"시한은 루스클라니움도 침투해 보셨잖습니까? 그럼 내부 구조가 익숙하지 않습니까?"

"그땐 기둥들이 세로로 세워져 있었잖아. 지금처럼 가로로 누워 있는 게 아니라."

그리고 시한이 레비나에게 배운 건 멀쩡한 저택에 침투하는 도적의 기술이었지, 다 무너진 건물을 파헤치는 도굴꾼의 기술이 아니다. 이런 상황에선 아무리 그라도 대책이 없다.

"이걸 어떻게 찾지?"

성시한은 인상을 쓰며 오른손을 들었다.

"싹 날려 버릴까?"

무극천광이든, 9층 마법이든 구사해서 이 일대를 싹 날리는 건 지금의 그에겐 별로 어려운 일이 아니다.

"개미집 찾겠다고 삽으로 파헤칠 생각이에요?"

디나가 고개를 저으며 만류했다. 저러면 보통 있던 입구마저 깔끔하게 막히는 법이다.

"나도 알아. 그냥 해본 소리야."

시한은 투덜대며 정신을 집중했다. 기감 영역을 넓혀 사방을 탐지해 간다.

"기감으로도 뭐, 딱히 느껴지는 게 없고."

"마력 감지 쪽은요?"

디나의 질문에 카렌이 대신 대답했다.

"릴스타인이라면 설치한 결계 마법진의 흔적을 감추는 건 쉬운 일이에요. 마력 감지로 찾는 건 무리일 겁니다."

"맞아. 그래서 아까 미스트 오브 댐드도 발동 전엔 나도 눈치를 못 챘잖아?"

남은 방법은 하나뿐이었다.

성시한이 손가락질을 했다.

"흩어져서 찾아보자. 혹여 릴스타인의 함정이 추가로 있을지 모르니, 너무 멀리 가진 말고."

*　　　*　　　*

뿔뿔이 흩어진 시한 일행은 폐허가 된 후궁 여기저기를 뒤지기 시작했다. 하지만 한참을 수색해도 비밀 통로는 고사하고 지하실 입구조차 발견할 수 없었다. 워낙 붕괴된 부분이 많았다.

'아, 이걸 어느 세월에 다 뒤진데?'

시한은 난감하다. 반 토막 난 기둥에 기대 고개를 저었다.

그러던 중이었다.

'응?'

묘한 한기가 느껴져 그는 살짝 인상을 썼다.

조금 떨어진 폐허 위에서 희끄무레한 형상이 모습을 드러내고 있었다. 젊은 여인으로 보이는 유령이었다.

'여기도 악령이 나오네?'

성시한은 오른손을 들었다. 저따위 악령쯤은 손가락만 튕겨도 없앨 수 있는 것이다.

별생각 없이 투기를 쏘려던 참이었다.

문득 그는 눈을 가늘게 떴다. 어째 느낌이 악령 같지 않았다.

유령인 것은 맞는데 전혀 적의가 없다. 오히려 처연한 미소까지 입가에 머금고 있다.

자세히 보니 상당한 미모의 유령이었다. 살아 있을 땐 보통 미녀가 아닌 듯싶었다.

여인의 유령이 스르르 미끄러지더니 후궁의 한쪽으로 향했다. 그리고 바닥을 향해 손가락을 가리켰다.

'혹시 길을 가르쳐 준 건가?'

어찌해야 하나 싶어 시한이 주춤거리던 때였다.

여인의 유령이 부드러운 눈으로 성시한을 바라보며 입술을 달싹였다. 그리고 고개를 꾸벅 숙이더니 그대로 사라져 버렸다.

목소리는 들리지 않았지만 입모양을 통해 무슨 말을 하고자 했는지는 대충 알 수 있었다.

시한이 멍하니 중얼거렸다.

"딸을… 부탁합니다?"

잠시 후, 알리타가 잔해를 뛰어넘어 그에게 다가왔다.

"찾았어요?"

성시한은 멀뚱히 그녀를 바라보았다. 그러고 보니 방금 나타난 여인의 유령과 알리타가 꽤 닮았다?

"설마?"

"음, 뭐가요?"

"아, 아냐, 아무것도."

그는 고개를 저으며 한 발로 바닥을 가볍게 짚었다.

쿵…….

은은한 음향과 함께 보이지 않는 투기의 파동이 정면으로 뻗어나갔다. 여인의 유령이 가르쳐 준 장소를 향해 투기의 파장을 쏘아 빈 공간이 있나 확인하는 것이었다.

있었다.

그것도 꽤나 깊숙한 곳까지 연결되는 통로가.

"다른 사람들을 불러줘, 알리타. 입구를 찾은 것 같다."

Chapter 2

제국의 유적

성시한은 바닥을 노려보았다.

"어째서 그동안 아무도 여기를 못 찾았는지 알겠네."

발견한 지하 공간은 지상으로부터 10여 미터 이상 깊숙한 곳에 위치해 있었다. 말인즉슨, 온갖 무너진 잔해와 돌무더기가 십여 미터 이상 겹겹이 쌓여 있다는 소리다.

평범한 도굴꾼은 물론이고, 어지간한 소드하이어나 마기언이라도 함부로 손을 쓸 수 없는 상황이었다.

"릴스타인은 대체 어떻게 여기로 들어간 걸까요?"

시한이 의아해하는 카렌을 보며 대꾸했다.

"릴스타인은 공간 포털을 사용한댔잖아? 처음에야 이 통로를 이용했겠지만 다른 루트가 생긴 다음엔 그냥 폭삭 무너뜨려 버렸겠지."

길을 뚫는 게 어려운 거지, 부수는 건 일도 아니다.

"그나저나 이걸 어떻게 뚫는다?"

성시한이나 카렌 정도 되는 강자에게도 쉬운 일이 아니었다. 부술 힘은 충분히 있지만, 함부로 부수다간 그 충격으로 지하 공간이 무너질 가능성이 높았다.

"가만있자, 이걸 파낼 만한 마법이……."

그는 스펠북을 살피며 잠시 고민했다.

'리버스 그래비티로 중력을 낮추고 투기염동으로 치워? 아냐, 중력 역전의 범위 밖은 오히려 그 반발력으로 역중력 상태가 되니 더 위험해진다. 그럼 대지 계열 마법으로 밖에서 도려내듯 파볼까? 그것도 충격의 여파를 완전히 지울 자신은 없는데…….'

어떤 마법을 써도 충격을 완전히 없애긴 힘들다. 특히나 성시한은 마력이 워낙 높다 보니 파괴력 조절도 힘든 처지다.

'그렇다고 투기술을 쓰자니 더 여파가 심할 테고……. 아? 잠깐, 꼭 그런 것도 아닌가?'

문득 그가 회심의 미소를 지었다. 이 상황에 딱 어울리는 투기술이 하나 있었다.

시한이 가볍게 발을 구르며 투기를 발했다.

"투기진, 거인의 손!"

잔뜩 쌓여 있던 석재들이 저절로 뒤엉켜 커다란 두 개의 암석 손아귀로 화했다. 거인의 손을 구성하는 재료가 된 덕분에, 수 미터 가까운 구덩이가 아무런 충격 없이 움푹 파였다.

"필요 없어진 거인의 손은 그냥 버리면 되고."

거인의 손을 로켓 펀치(?)로 날려 버리고, 또 젝센가드의 투기진을 발동한다. 그렇게 대여섯 번쯤 반복하자 마침내 입구가 뻥 뚫렸다.

성시한은 히죽 웃으며 일행을 돌아보았다.

"들어가자."

*　　*　　*

사방 5m 정도의 커다란 지하 공간이었다. 평범한 벽돌로 지어져 있고, 한쪽 구석에 아래로 내려가는 계단이 보였다.

제논이 코를 벌름거리며 인상을 썼다.

"공기가 탁하군요. 꽤나 오랫동안 막혀 있었던 모양인데요."

이대로 계속 내려가다간 호흡이 불가능한 지경까지 갈지도 모른다. 근심하며 디나가 물었다.

"카나리아라도 한 마리 챙겨 와야 할까요?"

광산을 팔 때 카나리아가 든 새장을 챙겨가는 것은 광부들의 오랜 지혜 중 하나다. 새장 속의 카나리아가 갑자기 발버둥 치면, 더 이상 파 들어가는 것은 위험하므로 일단 환기를 시켜야 한다는 신호인 것이다.

성시한은 고개를 저었다.

"카나리아는 없지만, 우리에겐 카렌이 있지."

카렌이 오른손을 들었다. 성광을 발하며 가볍게 신성술을 발동한다.

"정화!"

순식간에 주변 공기가 맑아졌다. 빛의 구체를 띄워 시야를 확보한 뒤 시한 일행은 천천히 계단으로 진입했다.

계단은 지하로 뚫린 커다란 구멍을 따라 빙빙 돌면서 내려가는 구조였다. 얼마나 구멍이 깊은지, 아래를 내려다보아도 전혀 바닥이 보이지 않았다.

혹시나 싶어 시한이 돌멩이 하나를 던져보았다.

거의 십 초가 지나서야 겨우 희미한 소리가 들렸다. 무신급 소드하이어가 집중했음에도 간신히 들을 수 있을 정도로 미약한 음향이었다.

"…이거, 백 미터도 넘는 것 같은데?"

"엄청나네요. 이렇게 깊이 파고 내려간 이유가 대체 뭐지?"

시한과 카렌이 대화를 나누며 앞장섰다. 제논과 알리타, 디나도 뒤를 따랐다.

한참을 걷고 또 걸으며 계단을 내려가다 보니 결국 바닥이 보였다.

조금 전과 비슷한 공간이 나왔고, 그 너머로 커다란 통로가 보였다. 대충 폭 10미터에 높이 6미터 정도 되는 통로였다.

알리타가 고개를 절레절레 저었다.

"천 년 전에 잘도 이런 대공사를 했네요? 옛날 사람들 엄청나네, 그때 건축 기술로 어떻게……."

시한이 실소하며 한마디 했다.

"지구인인 내 눈으로 보면 지금 테라노어 건축물들도 엄청나 보이거든?"

하긴, 21세기 지구인들은 고대 로마의 유적을 보며 감탄을 늘어놓지만, 정작 그 고대 로마인들도 이집트 피라미드를 보면서 '말도 안 돼! 이건 인간이 지은 건물이 아냐!'라며 경악했다고 하지.

놀란 와중에도 시한 일행은 이어진 지하 통로에 들어섰다. 빛의 구체를 먼저 쏘아 앞길을 밝힌 뒤 신중하게 걸음을 옮긴다.

그렇게 한참을 이동하던 중이었다. 갑자기 통로가 희미하게 떨리며 벽면에서 뭔가가 나타났다. 동시에 무기질적인 목소리가 들렸다.

"메제르 벨 라사트, 데스필트!"

천 년 전의 고대 아스틴 어였다. 요새 공부를 많이 한 덕분에 성시한과 알리타는 알아들을 수 있었다.

'허가받지 않은 침입자, 격퇴한다!'

커다란 그림자가 통로를 가득 메웠다. 신장 3미터에 달하는 거대한 강철 골렘이었다.

골렘이 쿵쿵거리며 일행을 향해 돌진하기 시작했다.

"루스클란의 방어 시스템인가 보군."

제논이 중얼거리는 시한을 스쳐 지나가며 대검을 뽑아 들었다.

"제가 맡겠습니다!"

높이 뛰어올라 패왕기의 투기를 끌어내며 강렬한 일격을 내려친다.

골렘이 팔을 교차해 막았다. 동시에 골렘의 금속 표면에 복잡한 마법 문양이 떠올랐다. 반투명한 장막이 생성되며 제논이 뒤로 튕겨져 나갔다.

"으윽!"

익숙한 현상이었다. 알리타가 외쳤다.

"조심해요! 대투기 방어 마법이에요!"

저 골렘은 투기를 억누르는 강력한 방어 마법을 전신에 두르고 있는 것이다.

제논은 난처해하며 성시한을 돌아보았다. 물론 무신급 소드하이어쯤 되면 저 방어 마법도 뭉개 버릴 수 있겠지만…….

"어쩌지요? 저걸 부술 만큼 힘을 쓰다간 통로가 무너질지도 모릅니다."

"괜찮아."

시한이 어깨를 으쓱였다.

"마법 쓰면 되지."

한 발 앞으로 나서며 오른손을 들어 골렘을 겨눈다.

"이그니션 레이!"

세 줄기의 붉은 열선이 작렬했다. 화끈한 열풍이 통로를 가득 불어닥쳤다.

아무리 강력한 대투기 방어 술식이라도 마법 앞에선 그냥 빛나는 무늬일 뿐이다. 순식간에 강철 골렘이 반쯤 녹아내린 철괴 덩어리로 화했다.

"간단하잖아?"

일행이 좀 더 이동하자 또 골렘이 나왔다.

"메제르 벨 라사트, 데스필트!"

경고문 역시 같았다. 하지만 이번 골렘은 대마법 방어 결계가 설치된 놈이었다. 아까처럼 마법으로 부수기는 어려워 보였다.

시한이 디재스터를 뽑아 들며 히죽 웃었다.

"투기 쓰면 되지."

도룡기에 의해 난도질된 골렘의 잔해를 지나치니 세 번째 골렘이 등장해 주었다. 이번엔 대투기, 대마법 방어 결계가 동시에 걸려 있었다.

뭐, 여전히 문제는 없었다.

"카렌 쓰면 되지."

"…사람을 기술 취급 하지 말아줄래요?"

카렌이 눈을 흘기며 손을 떨쳤다. 달빛 사슬이 올올히 풀려나와 골렘을 들었다 놨다 하며 박살 내버렸다.

그 광경을 지켜보던 디나가 무심코 질문했다.

"네 번째는 혹시 대신성 방어까지 삼중으로 걸린 골렘일까요?"

시한이 고개를 저었다.

"그건 단가가 안 맞을걸? 그렇게까지 비싼 물건을 만들 바엔 그냥 기존 성능을 높이는 게 낫지."

과연, 몇 번 더 골렘 무리가 나타났지만 삼중 결계까지 설치한 놈들은 없었다.

전설로 전해져 내려오는 고금 최강의 마기언, 전 대륙을 지배한 위대한 초대 황제조차도 가격 대 성능비의 제약만큼은 벗어나지 못한 것이다.

골렘 무리가 출몰하는 통로를 지나치자 다시 아래로 내려가는 계단이 나왔다. 또 한 100여 미터쯤 내려가니 이번엔 통로 대신 거대한 지저 공간이 나왔다.

인위적으로 만들어진 곳처럼 보이진 않았다. 자연적으로 생긴 커다란 동굴에 수많은 석순들이 천장과 바닥을 연결해 기둥이 되어 공간을 지탱하고 있었다.

디나가 둘러보며 혀를 찼다.

"내부 구조 참 괴상하네요? 왜 이렇게 빙빙 도는 구조로 만든 걸까?"

부잣집 딸답게 그녀는 건축 쪽도 어릴 때부터 보고 들은 것이 많았다. 만약 가문의 저택을 이따위로 만들었으면, 그녀의 아버지가 당장 치도곤을 치고 다시 짓게 했을 것이다.

반면 지구인인 성시한이나, 이스트 벨을 증축해 자신의 왕성을 만들어본 카렌은 대충 짐작이 간다는 표정이었다.

"이거 어째 하청업자끼리 설계 미스 난 것 같지?"

"원래 이런 설계는 아니었겠죠. 그렇다고 여기까지 공사 진행되었는데 갈아엎을 수도 없었을 테고."

카렌은 쓴웃음을 지었다. 실제로 밤의 눈동자의 건축 과정에서도 비슷한 일이 있었다.

"천 년 전이나 지금이나, 사람들끼리 소통 안 되기는 매한가지인 것 같네요."

*　　　*　　　*

일행이 지저 공간 중간쯤까지 갔을 때였다.

갑자기 사방의 바닥에서 마법진이 빛을 발하며 수십의 형체가 소환되기 시작했다.

웅웅웅웅!

이내 전격으로 이루어진 네 발 짐승과 흙 인형, 암흑이 응집된 거인과 바람의 소용돌이가 차례로 튀어나왔다. 번개와 대지, 암흑과 바람의 정령이었다.

“앗!”

“적이다!”

알리타와 디나가 무기를 들고 전투태세를 취했다. 대검을 겨눈 채 제논이 등 뒤로 소리쳤다.

“이놈들은 저희가 맡겠습니다! 시한 님과 카렌 님은 만일을 대비해 힘을 보존하십시오.”

“그래, 부탁해.”

성시한은 순순히 뒤로 물러났다.

이 정령들은 조금 전 마주쳤던 골렘들에 비해 확실히 격이 낮았다. 제논이나 알리타 수준이라면 큰 위험 없이 상대할 수 있는 놈들이었다.

그리고 아무리 쉽게 해치울 수 있는 상대라지만 계속 전투를 이어가다 보면 가랑비에 옷 젖는다고, 알게 모르게 체력과 집중력이 떨어지는 법이다. 쉴 수 있을 땐 충분히 쉬어주는 것이 좋다.

"타앗!"

제논이 기합을 터뜨리며 번개의 정령에게 투기검을 찔러 넣었다. 패왕기의 투기가 번개를 가르며 방전음을 울렸다. 일격에 정령이 박살 나 뇌전을 흩뿌렸다.

콰콰쾅!

알리타 역시 어둠의 정령을 상대로 놀라운 무용을 보이고 있었다.

암흑을 다루는 잠형기는 그 자체로 어둠의 정령의 천적이나 다름없다. 투기의 흐름으로 정령의 운신을 제한하며 연달아 검격을 날린다.

"잠형기, 혼쇄!"

카아아아…….

불길이 꺼지는 듯한 비명과 함께 어둠의 정령이 계속 소멸해 갔다.

디나도 흙 인형 하나를 상대로 열심히 싸우고 있었다.

"얍! 타앗! 으아아!"

남들은 두 자리 수로 정령을 부수고 있을 때 고작 하나 붙잡고 사투를 벌이는 중이다. 뭐, 그녀 수준에선 최선의 결과였다. 솔직히 그녀의 나이를 생각하면 특출하게 강한 편이긴 하다.

"오! 디나가 도로 마크보다 강해졌네?"

성시한의 감탄에 카렌이 고개를 갸웃거렸다.

"마크가 누군데요?"

"아, 창천기사단 마이너 리그."

"…마이너 리그는 또 뭐예요?"

하여튼 제논과 알리타는 훌륭히 적들을 격퇴하고 있었다. 그래서 성시한과 카렌은 느긋하게 상황을 살피며 대화를 나눴다.

"이것도 루스클란 대제의 방어 결계일까요?"

"그건 아닌 것 같아. 경고문이 없었잖아?"

카렌의 의문에 시한이 고개를 저었다.

"이 동네가 지금이니까 생사가 오가는 마굴이 된 거지, 천 년 전엔 사람들 오가는 일종의 기밀 시설이었을 거 아냐? 그러면 그 골렘들처럼 미리 경고를 해주는 게 옳지."

"그럼 역시 릴스타인 짓일까요?"

"아마도? 대충 적당히 섞어놓은 것 같은데. 릴스타인이라고 처음 여기 지나갈 때 천 년 전의 인가를 받았을 리는 없을 테니까."

"자기가 부순 부분은 따로 방어 태세를 준비해 놓았을 거란 말이군요."

"릴스타인이야 자기 말곤 아무도 여기 들락거리지 못하게 하고 싶었을 테고, 당연히 경고문 따위도 필요 없었겠지."

그러는 동안에도 제논과 알리타는 지저 공간을 누비며 정령들을 하나하나 퇴치하고 있었다. 패왕기와 잠형기 아래 대부분의 정령들은 제대로 힘도 써보지 못하고 물질계에서 퇴출되었다.

남은 정령은 이제 디나가 상대하는 흙 인형 하나뿐이었다.

"하아압!"

전신을 투기로 강화한 뒤, 인간의 한계를 능가하는 힘을 담아 검을 후려친다.

아직 작은 소녀임에도 불구하고 그녀의 일격은 족히 성인 장정을 능가하고 있었다. 칼날이 파고들 때마다 흙 인형이 사방으로 파편을 날렸다.

하지만 그럼에도 쓰러지진 않는다. 부서진 만큼 주위 흙으로 신체를 복구하며 계속 공격해 오는 것이다.

이런 대지의 정령을 쓰러뜨리려면 방법은 보통 두 가지다.

복구 능력을 능가할 정도로 강력한 일격으로 한 방에 부수든가, 아니면 복구 능력이 고갈될 때까지 계속해 연격을 날리든가.

첫 번째는 디나의 역량으로 불가능하니, 계속해 공격하고,

또 공격하며 흙 인형의 마력을 소모시키고 있었다.

이미 자신의 몫을 다 처리한 알리타가 그녀를 보며 물었다.

"도와줄까, 디나?"

"아닙니다, 마스터! 할 수 있어요!"

땀을 뻘뻘 흘리면서도 디나는 제안을 거절했다.

'눈앞의 적을 자신의 힘으로 처리하지 못하고서야 어찌 훌륭한 기사가 될 수 있겠어!?'

바람직한 마음가짐이었다. 그래서 알리타도 순순히 그녀의 의사를 존중했다.

"그럼 힘내!"

시한 일행은 피 터지게 싸우는 디나를 뒤로한 채 옹기종기 모였다.

"잘 싸우네요."

카렌이 디나를 보며 칭찬을 했다. 알리타가 뿌듯해하는 미소를 지었다.

"그렇죠? 정말 많이 늘었어요."

시한이 제논을 돌아보며 물었다.

"그럼 이참에 밥이나 먹을까?"

"배가 든든해야 싸움도 할 수 있는 법이죠."

제논이 기다렸다는 듯 배낭에서 도시락을 꺼냈다.

호밀빵 사이에 크림치즈와 버터를 두툼하게 바르고 얇게 저

민 햄과 양상추를 끼운 샌드위치, 컵 모양으로 만든 바삭한 파이 위에 얹어낸 계란 샐러드, 말린 과일과 육포 역시 예쁘게 다듬어놓았고, 그 옆에는 레몬시럽을 물에 타서 만든 레모네이드까지 차려놓았다.

일단 겉보기부터가 화사하기 그지없다. 알리타의 눈이 휘둥그레 커졌다.

"어머, 예쁘다."

자신의 작품이 자랑스러운 듯 제논이 어깨를 으쓱였다.

"카렌 님도 계셔서 외양에 신경을 좀 써봤습니다. 보기 좋은 음식이 맛도 좋은 법이죠."

카렌이 샌드위치를 쥐어 들고 눈웃음을 보였다.

"고마워요. 잘 먹을게요, 제논 군."

참으로 화기애애한 피크닉 풍경이었다.

물론 그 너머에선, 여전히 처절한 사투를 벌이고 있는 소녀의 기합이 메아리치고 있었다.

"아오! 이제 그만 좀 죽어! 이 흙더미 새끼!"

결국 흙 인형이 무너져 내렸다. 디나의 공세에 보유 마력이 전부 고갈된 것이다.

"헉, 헉헉……."

그녀는 파김치가 되어 숨을 헐떡거렸다. 어찌나 죽어라 검을 휘둘렀는지 양손이 마비된 것 같았다.

알리타가 손짓하며 디나를 불렀다.

"네 몫 남겨놨어, 디나. 와서 먹어."

"…네, 마스터."

디나는 샌드위치 하나를 들고 암담한 표정을 지었다. 방금 전까지 긴장한 채 전력을 다했는데 식욕이 있을 리 없는 것이다.

'하지만 이런 상황에도 익숙해져야 훌륭한 기사가 될 수 있겠지?'

애써 빵을 베어 문 뒤 그녀는 꾸역꾸역 입에 넣고 씹었다. 이미 다른 이들은 식사를 마치고 느긋하게 음료를 마시는 중이었다.

제논이 목을 축이다 말고 주위를 둘러보며 감탄을 흘렸다.

"그나저나 정말 대단한 시설이군요. 초대 황제의 전설은 많이 들었지만 이렇게까지……."

이런 엄청난 구조물을 이렇게 깊은 지하에 만들 수 있을 정도라니, 과연 대륙을 통일한 초대 황제다운 위업이다.

알리타도 동의하며 말했다.

"들어올 때 만난 그 골렘들도 보통 기물이 아니었어요."

대투기, 대마법 방어 결계가 걸려 있는 3미터 크기의 강철 골렘이라면 현 시대에도 8층 이상의 마기언은 되어야 제작 가능한 초고위 마도기다. 심지어 천 년이 지나도록 멀쩡히 작동할 정도면 가히 인간의 영역이 아니다.

"시한이나 카렌 언니니까 쉽게 처리했지, 어지간한 이들이라면 입구에서 맞아 죽었을걸요?"

카렌이 고개를 끄덕였다.

"루스클란 대제라면 그럴 만하죠. 테라노어의 모든 마법을 정립한, 마기언들의 아버지라고까지 불리는 자이니까요."

최초의 황제.

최초의 플로어 마스터.

모든 마기언의 아버지이자 마법의 신.

이것이 천 년 전 테라노어에 군림했던 고금 최강의 마기언, 루스클란 대제를 수식하는 표현이었다.

루스클란 제국 이전의 테라노어는 무수한 왕국들이 난립한 세계였다.

동서남북으로 전통의 4왕국이 이어져오고, 온갖 도시 국가와 자치 영지들이 흥망성쇠를 반복하며 일월성신의 교단이 대륙 전체에 영향력을 미치던 시대.

굳을 대로 굳은 이 오랜 체제를 깨부순 것이 당시 40살의 마기언이었던 오르쿠스 제스텔라인 루스클란이었다.

서른 이전부터 그는 천부적인 재능을 지닌 마기언으로 세인들의 관심을 받아왔다. 하지만 당시만 해도 어디까지나 뛰어난 마법 실력의 소유자일 뿐이었다.

평범한 다른 마기언들처럼 루스클란 대제 역시 대륙 각지를 방랑하며 지식을 쌓고 지혜를 얻으며 마법의 길을 걸었다.

"그러다가 서른 살 이후 갑자기 사라졌고……."

카렌이 차분히 말을 이었다.

"10년의 공백 이후 다시 나타난 그는, 더 이상 인간이 아니었다고 전해지죠."

*　　　*　　　*

천 년 전 테라노어의 마법은 현재처럼 강하지 않았다.

불꽃을 피우거나 전기를 일으키기만 해도 뛰어난 마기언으로 인정받았고, 사물을 움직이거나 인간의 정신을 홀릴 정도면 어딜 가든 대접받을 수 있었다. 파이어 볼이나 아이스 볼트 같은 대규모 살상 마법이 가능할 정도면 대현자 취급을 받았다.

반면 루스클란 대제는 화산을 터뜨리고, 지진을 일으키며, 운석을 낙하시키고 폭풍우를 불러일으킬 수 있었다. 하늘을 쪼개고 바다를 가른다는 관용구를 현실에 실현시키는, 실로 비상식적인 이능의 소유자였다.

신과도 같은 그 능력을 바탕으로 루스클란 대제는 대륙 통일의 행보를 시작했다.

성을 만나면 성을 부수고, 군대를 만나면 군대를 죽인다.

가로막는 모든 것을 깨뜨리며 패도적인 진군을 이어간다.

그 누구도 패왕의 앞길을 막을 수 없었다. 마기언들은 물론이고 명성 높은 기사들조차 벌레처럼 죽어나갔다.

천 년 전에는 소드하이어의 수준 역시 현 시대처럼 높지 않았던 것이다.

당시의 기사들은 육체 단련과 기술의 반복 습득을 통해 힘을 얻은 이들이 대부분이었다. 투기를 터득한 전사는 극히 드물었다.

투기를 느낄 수만 있어도 자신의 유파를 세우고 제자를 모으는 것이 가능했다. 투사급 수준이면 일국의 기사단장 자리도 너끈히 차지했다. 기사급 정도면 대륙에서도 손꼽히는 강자였고, 달인급쯤 되면 역사에 이름을 남길 수 있었다. 초인급 이상은, 아예 그런 경지가 있을 거란 상상도 못 하던 시절이었다.

사실 저 급수 제도도 제국 이후에나 생긴 것이고, 천 년 전엔 그냥 소드하이어라는 호칭뿐이었다. 그만큼 수가 적었던 것이다.

세상은 너무도 약한데, 한 개인이 너무도 강했다.

테라노어의 왕과 귀족들이 아무리 발버둥을 쳐도 루스클란 대제의 발목조차 잡지 못했다.

그나마 상대가 되는 것은 일월성신의 교단뿐이었다.

소드하이어나 마기언과 달리 일월성신의 프린이나 프레이어는 천 년 전에도 현재와 비슷한 기량을 지니고 있었다. 초인이라는 수식어는 오로지 신을 섬기는 자에게만 붙는 시대였다.

하지만 이들조차도 '인세에 강림한 신'의 상대는 되지 못했다.

삼대 교단이 무릎 꿇고 나자 더 이상 거칠 것이 없었다. 4왕국이 무너지고, 모든 도시 국가가 백기를 걸고, 영주들이 자신의 자치권을 두 손 들어 바치는 데는 채 5년이 걸리지 않았다.

테라노어를 통일한 루스클란 대제는 제국을 세우고 유일한 지배자, 최초의 황제가 되었다.

이후 체제를 정비하고 천년 제국의 기틀을 다지는 한편 세상의 모든 마법을 정립해 새로운 길을 열었다. 테라노어의 동서남북에 4대 상아탑이 세워지고 수집한 마법을 단계별로 층수를 매겨 비치했다.

그래서 그는 최초의 플로어 마스터였다. 대제 이전에는 아예 마법의 층수라는 개념도 없었으니까.

황제로서 세상을 지배하는 와중에도 루스클란 대제는 마법 연구를 소홀히 하지 않았다.

스펠북이라는 새로운 개념을 도입해 마기언들의 마법 구사 능력을 끌어올리는 한편, 온갖 다양한 고위 마법을 숨 쉬는 것처럼 창조해 냈다. 그리고 그 모든 것을 아낌없이 세상에 풀었다.

세상을 바꾼다는 표현들을 많이 쓰지만, 테라노어 역사상 루스클란 대제만큼 저 명제에 걸맞은 이도 별로 없을 것이다.

사람들은 그를 모든 마기언의 아버지이자 마법의 신이라 칭하며 숭앙했다.

*　　　*　　　*

"제국 이전과 이후의 테라노어는 완전히 다른 세상이었다고 해요. 투기술과 마법은 계속해 발전했고, 결국 일월성신의 신성술을 능가해 현 시점까지 왔지요."

카렌의 설명에 제논과 알리타, 디나는 멍하니 고개를 끄덕였다. 성시한이 고개를 갸웃거렸다.

"그러고 보니 전에도 좀 이상하게 여긴 점이 있었는데, 카렌."

"뭔데요?"

"마법이야 루스클란 대제 덕분에 계속 발전했다 치고, 투기술은 그럼 왜 발전한 거야? 마법이랑은 상관이 없지 않아?"

"글쎄요? 경쟁자인 마기언들이 강해지다 보니 소드하이어들도 영향을 받아 함께 강해진 게 아닐까요?"

잠시 고민하던 카렌이 말을 이었다.

"아니면 투기술 쪽도 뭔가 한 것일지도? 잘 알려진 사실은 아니지만 초대 황제는 최초의 무신급 소드하이어이기도 했으니까요."

제논과 디나가 놀라 눈을 깜빡였다.

"엥, 그렇습니까?"

"처음 듣는 소리인데요, 그건?"

심지어 루스클란의 핏줄인 알리타조차도 금시초문인 이야기였다. 카렌이 어깨를 으쓱였다.

"딱히 투기술 쪽으론 남긴 게 없으니까요. 대제 본인이 소드하이어로 행세한 적도 없었고."

역사적으로 루스클란 대제는 투기술을 선보인 적이 없었다. 대륙을 통일하고 황제가 된 뒤, 일월성신의 교단과 교류하던 과정에서 그가 백금위의 프레이어조차 능가하는 투기의 소유자라는 사실이 밝혀졌을 뿐이다.

"워낙 옛날 일이라 교단에도 자세한 이야기는 전해지지 않아요. 단지 루스클란 대제가 현재로 치면 무신급의 투기량을 보유하고 있었고, 그 투기를 다루는 법을 터득하기 위해 백금위의 프레이어에게 가르침을 받았다 정도만 기록되어 있지요. 저도 교황 위에 오른 후에야 알게 된 이야기예요."

설명을 듣던 성시한이 납득한다는 표정을 지었다.

"하긴, 그럼 잘 알려지지 않을 수도 있겠네."

한국의 역사에도 의외로 비슷한 경우가 있다. 조선을 세운 이성계가 저런 케이스다.

신궁(神弓)으로 유명한 이성계이지만, 그의 검술이나 전사로서의 능력 역시 사기적인 수준이라는 사실은 잘 알려져 있지 않다. 인간이란, 한 분야의 업적이 너무 어마어마하면 상대적으로 다른 부분은 무시되기 마련인 것이다.

"하여튼 굉장하네요."

"무신급 소드하이어와 플로어 마스터의 힘을 동시에 지닌 초인이었다니……."

알리타와 제논이 감탄하며 혀를 내둘렀다. 그러다 문득 고개를 갸우뚱거렸다.

"어?"

"잠깐……."

어째 익숙한 이야기였다. 지금 바로 옆에 똑같은 인간이 앉아 있잖아?

"마치 시한 같네요?"

알리타의 말대로였다. 성시한 역시 비슷한 존재다.

디나가 눈을 빛냈다.

"혹시 루스클란 대제도 지구인이 아니었을까요?"

카렌은 고개를 저었다.

"그렇지는 않아요. 대제의 출생과 성장 과정은 제법 자세히 전해지니까요."

루스클란 대제는 서른 이전에도 이미 천재적인 마기언으로 세상에 알려져 있었다. 결코 지구에서 테라노어로 건너온 자는 아니었다.

'…하지만 그 반대라면?'

알리타가 예전에 품었던 의문을 떠올리며 상념에 잠길 때였다.

성시한이 자리를 털고 일어났다.

"그럼 배도 대충 꺼졌으니 슬슬 움직일까?"

* * *

이어진 내부 구조는 훨씬 알아보기 쉬웠다.

자연 공간 제일 끝에 아래로 향하는 커다란 중앙 통로가 있고, 통로 벽을 따라 끝없이 계단이 이어진다. 내려갈 때마다 곳곳에 중앙과 이어진 작은 방들이 보인다.

물론 상대적으로 작다는 소리지, 그 방들도 높이가 최소 10여 미터는 되었다. 아래로 향하는 길은 아니고 다른 용도로 독립된 공간이었다.

이제까지와는 다르게 꽤나 효율적인 동선으로 짜인 구조

였다.

카렌이 빙그레 웃으며 말했다.

"여기서부터는 공사 제대로 했나 보네요."

성시한이 말을 받았다.

"하청업자 좀 족쳤나 보지."

그 와중에도 꾸준히 루스클란의 방어 시스템은 작동하고 있었다.

각종 골렘들이 경고문을 외치며 튀어나오고, 벽을 통해 불길이 솟구치거나 화살이 날아들며, 온갖 결계가 작동해 일행을 덮쳐간다.

"나라 플라타, 안타메젤 레 라사트 데스필테아!

'접근 금지, 비인가 침입자를 격퇴합니다!'라는 의미의 고대 아스틴 어가 쉴 새 없이 울렸다.

그리고 성시한과 카렌에 의해 가차 없이 부서져 갔다.

"거참, 시끄럽네."

시한이 투기강으로 덤벼드는 골렘 무리를 서걱서걱 썰어가며 투덜거렸다. 달빛 사슬로 결계를 부수며 카렌이 피식거렸다.

"시끄러운 걸로 끝나는 게 다행이죠."

다양한 정령수의 무리가 덤벼오는 경우도 있었다. 유적 자체의 방어 시스템이 아니라 릴스타인이 보충해 놓은 결계였다.

아무래도 상대적으로 약했기에 이쪽은 제논과 알리타, 디나가 맡았다.

"패왕기, 현란!"

"잠형기, 혼쇄!"

제논과 알리타가 화려한 투기술로 덤벼드는 정령수들을 난도질했고…….

"그냥 칼질!"

디나는 그저 열심히 검만 휘둘렀다. 고작 종자급 소드하이어가 투기술 용법 따윌 쓸 수 있을 리가 만무한 것이다.

간신히 한 마리 처리한 뒤 그녀는 한숨을 쉬었다.

"괜히 따라온 거 아닌가 후회되네요, 마스터."

"무슨 소리야? 잘하고 있어, 디나."

"그래도 전혀 전투에 도움이 안 되는 것 같아서……."

"원래 종자는 도움 안 되는 게 정상이란다."

"…별로 위로는 안 되네요."

아무런 위험 없이 시한 일행은 계속 아래로 내려갔다. 성시한과 카렌의 무력이 지나치게 높다 보니 모든 방어 시스템이 전혀 위협이 되지 못했다.

주위를 둘러보며 성시한이 혀를 찼다.

"그래도 명색이 전설적인 초대 황제의 유적인데, 이거 너무 쉬운 거 아닌가?"

뭐가 이상하냐며 알리타가 한마디 했다.

"따지고 보면 그쪽도 전설은 전설이잖아요?"

그건 그렇다.

성시한도 일단은 '전설'의 영웅, 이계구원자였다.

"에이, 천 년짜리랑 십 년짜리랑 비교하면 좀 미안하지."

하기야 릴스타인도 지나갈 수 있었는데 그나 카렌이 못 지나갈 이유가 없긴 하다. 쓴웃음을 지으며 시한은 계속 계단을 내려갔다.

얼마나 통로가 깊은지 아무리 내려가도 끝이 안 보였다. 호기심에 한 번 더 돌을 던져보기도 했는데, 이번엔 무신급의 청력으로도 바닥에 돌 떨어지는 소리가 들리지 않았다.

시한이 암흑 너머를 노려보며 혀를 내둘렀다.

"이거 대체 얼마나 깊은 거야? 막 수 ㎞쯤 되는 거 아냐?"

알리타가 은근히 기대하는 표정으로 물었다.

"그냥 풍계 마법 걸고 뛰어내리면 안 돼요?"

좋은 마법 놔두고 왜 굳이 두 발로 걸어야 한단 말인가? 그냥 한 방에 휙 뛰어내리고 바람 주문 착 걸어서 낙하 속도를 늦추면…….

"그러다 마법 억제 영역이라도 나오면 훅 가겠지? 안전하게 가자고."

시한은 제안을 거절하며 다시 걸음을 옮겼다. 다른 일행도 다시 뒤를 따랐다.

걷고 또 걸었다.

내려가고 또 내려갔다.

정말이지, 하염없이 이어지는 통로였다. 슬슬 성시한조차도 '에라, 그냥 마법 믿고 뛰어내릴까?'라며 갈등할 때쯤이었다.

드디어 바닥이 보였다.

"으아! 드디어 끝이다!"

시한은 기쁨의 탄성을 터뜨렸다. 카렌도 혀를 내둘렀다.

"어휴, 2㎞는 내려온 것 같네요."

시한 일행은 숨을 좀 돌린 뒤 주변을 살폈다.

중앙 통로 벽면에 커다란 문이 보였다. 세밀한 문양이 양각으로 새겨진 화려한 금속제 문이었다.

문에 살짝 손바닥을 대어본 뒤 시한이 말했다.

"마법으로 잠겨 있군."

복잡한 마력 흐름이 느껴진다. 고도의 결계로 보호받고 있는 문이었다.

"아무래도 정해진 마력 코드를 입력해야 열리는 방식인 것 같은데……."

그는 자신 없는 목소리로 말미를 흐렸다. 알리타가 질문했다.

"열 수 있겠어요?"

"못 할 거 같은데."

역시 이런 쪽은 아무리 흐름을 감지해도 술식을 파악하기가 쉽지 않았다.

성시한의 마력 감지 및 재생 방식은, 책으로 비유하자면 이런 식이다.

인간의 마력 흐름을 감지하고 재생하는 것은 한글로 쓴 전공 서적을 읽는 것과 같다. 내용이 너무 어려워 뭔 소리인지 이해는 못 한다 해도, 일단 똑같이 읽는 것은 가능하다.

결계의 마력 흐름은 영어로 쓰인 책에 비유될 수 있다. 기본적으로 읽을 순 있지만, 중간중간 모르는 단어가 나오면 엉뚱한 발음을 하게 된다.

마도구의 마력 흐름은 제3국의 언어로 쓰인 전공 서적에 더 가깝다.

이쯤 되면 이해는 고사하고 제대로 읽기도 힘든 것이다. 알파벳을 알고 있다 해서 러시아어나 폴란드어를 제대로 발음할 수는 없는 것과 비슷한 이치다.

"아마도 릴스타인은 제대로 마법을 풀고 들어간 것 같은데……."

적어도 시한에겐 불가능한 일이었다. 하지만 그는 고민하지 않았다.

릴스타인이야 이 시설을 사용하는 것이 목적이었을 테니

멀쩡한 대문 안 부수려고 열심히 술식을 해독했겠지만, 자신은 그럴 필요가 없으니까.

"부수지, 뭐."

별 고민 없이 디재스터부터 뽑아 들었다.

"무신기, 십이지검!"

황금의 광검이 화려하게 날아올라 일제히 금속문을 강타했다.

강력한 마법의 보호를 받고 있는 문이었지만 십이지검을 막기엔 역부족이었다. 사방이 진동하며 폭음이 울렸다.

콰과광!

박살 난 대문 너머로 거대한 공간이 모습을 드러냈다. 일행을 돌아보며 시한이 의기양양하게 웃었다.

"열었다."

부서진 문 너머는 또다시 통로였다. 80여 미터 정도를 더 들어가니 거대한 공간이 나왔다. 높이만 20여 미터에 사방 100미터가 넘는 광활한 곳이었다.

카렌이 등 뒤를 돌아보며 중얼거렸다.

"마치 개미집 같은 구조로군요."

시한이 대꾸했다.

"그래야 하중을 견딜 수 있을 테니까."

수 킬로미터 가까이 뚫은 수직 통로 옆에 바로 또 다른 공간을 위치시켜 놓으면 벽이 너무 얇아지는 것이다. 10여 미터 정도의 작은 방은 몰라도, 이렇게 큰 공간이라면 이 정도 거리는 두어야 한다.

참으로 엄청난 건축물이다. 레비나의 자료에 나왔던 것처럼.

하지만 성시한은 인상을 썼다.

“어째 좀 자료랑 안 맞는데?”

레비나가 기록하길, 그 장소는 높이 10여 미터에 너비 30여 미터 정도의 원형 공간이라고 했다. 아치형으로 돔 형태를 이룬 천장에 마법의 등불이 줄지어 매달려 있고, 그 밑에 수많은 수정체와 기괴한 구조물들이 얽혀 있다고.

이곳은 달랐다.

일단 사이즈가 훨씬 크다. 천장과 바닥도 매끈하게 다듬어지고 수많은 석조 기둥이 위를 받치고 있다.

기록되어 있던 수정체, 정체불명의 사람들(대충 정체가 짐작이 가긴 하지만)을 봉인해 두었다는 그 시설도 보이지 않았다. 그나마 비슷한 점은 벽과 바닥에 마법진으로 보이는 복잡한 문양이 가득하다는 정도?

“다른 장소인가?”

그는 의아해하며 걸음을 옮겼다.

별일은 없었다. 지겹게 덤벼들던 골렘이나 정령수 무리도 더 이상 출몰하지 않았다.

시한이 주위를 살피며 말했다.

“여기서부터는 실제 사용 공간이란 의미겠지?”

“그렇겠죠. 광화철도 궁성 창문이나 대문에 달지, 내부 시설에까지 설치하진 않으니까요.”

맹렬한 빛과 소리를 내는 테라노어 특유의 방범 체계, 광화철을 언급하며 카렌이 대꾸했다.

왕성 경비를 위해 필수인 광화철도 내부에까진 달지 않는다. 시녀나 시종들이 수시로 오가고 여닫는 곳에 그런 거 달아놓으면 수시로 난리가 날 테니까.

시한 일행은 계속 이동했다.

주위의 기괴한 여러 구조물들을 살피고, 혹여 뭔가 건질 게 있을까 싶어 마력을 감지해 가며 천천히 움직인다.

그렇게 공간 중앙까지 향했을 때였다.

성시한이 눈을 크게 떴다.

“앗! 저건?”

공동 중앙에 커다란 수정탑이 서 있었다.

은색으로 빛나는 크리스털이 중앙에 우뚝 서 있고, 그 주위로 황금빛 링들이 서로 얽혀 허공에 떠서 빙빙 돈다. 그 밑에는 마치 데스크 콘솔을 연상케 하는 넓은 테이블이 펼쳐지고, 수많은 결계 술식과 제어용 마도구 수정들이 가득 박혀 있다.

시한의 반응에 알리타가 반색을 하며 물었다.

"저게 뭔지 알아요?"

당당한 대꾸가 돌아왔다.

"아니, 전혀."

"…그럼 왜 그런 표정을 지은 거예요?"

"척 봐도 굉장히 중요한 것 같잖아? 뭔가 단서가 되겠지."

다른 것에 비해 유독 크고 아름다운 뭔가가 있으면, 보통은 중요한 물건인 법이다.

시한은 수정탑 앞으로 향했다. 데스크에 박혀 있는 수정구들을 이래저래 만져보며 마력을 감지해 본다.

"음, 으음……."

뭐가 뭔지 전혀 모르겠다. 어지간해선 부분적인 단서를 통해 대충 용도는 파악할 수 있었는데, 이건 그조차도 불가능하다.

"와, 너무 복잡하다. 짐작도 못 하겠는데?"

시한은 고개를 저으며 데스크에서 손을 떼려 했다. 그러다가 갑자기 안색을 굳혔다.

'어?'

복잡한 술식 사이로 익숙한 마력의 흐름이 느껴지고 있었다. 너무도 익숙해 절대 잊을 수 없는 오랜 친우의 마력이었다.

"…릴스타인?"

성시한은 진지한 얼굴로 그의 흔적을 좇았다.

이 흔적이란 건, 비유하자면 제3국의 언어로 쓰인 책에 한글 주석이 달린 것과 비슷하다. 수정탑의 술식 자체야 여전히 이해할 수 없지만, 릴스타인의 행적을 따라 그대로 작동시키는 것은 가능한 것이다.

"이걸 이렇게… 이렇게 하고……."

성시한은 아무것도 모르는 주제에 이천 년 전의 고대 유적을 느리지만 확실하게 재구동시키고 있었다. 테라노어의 마기언들이 보면 도무지 이해할 수 없었을 것이다. 지구인이기에 가능한 비상식적인 행위였다.

"…이러면 되는 건가?"

기대하는 눈빛으로 그는 마지막 조작을 행했다. 동시에 수정탑이 반짝였다.

[어서 오십시오, 주인님.]

데스크 안쪽에서 차분한 여인의 음성이 흘러나왔다.

[왕의 심장에서 열람하신 마지막 자료를 재구성합니다.]

고대 아스틴 어로 된 음성이었다. 자신 없는 표정으로 시한이 수정구에서 손을 뗐다.

"뭔가 되긴 한 것 같은데……."

아마도 이것이 릴스타인이 가장 최근에 이 수정탑을 가동했던 방식이리라.

목소리가 이어졌다.

[기밀 등급 10. 1013—18. 제렌 25호.]

순간 수정의 중앙에서 빛이 뿜어져 나왔다. 화들짝 놀라 시한 일행이 뒤로 물러섰다. 그리고 다시 안도했다.

공격은 아닌 것 같았다.

빛이 허공을 비추며 커다란 입자 화면을 구현한다.

[오르쿠스 제스텔라인 루스클란의 개인 수기를 재생합니다.]

*　　　*　　　*

빛의 화면에 수많은 문장과 그림들이 비친다. 마치 21세기 지구에서 흔히 접할 수 있는 전자책 같은 느낌이다.

하지만 다른 점도 있었다.

글귀는 2차원이지만 그림이 3차원적이다. 정확히 말하면 그림이라기보다는 입체 영상에 가깝달까?

알리타나 성시한에겐 꽤나 익숙한 광경이었다.

"꼭 스펠북 같네요?"

"그렇지? 사이즈가 너무 크다는 걸 제외하면 말이지."

시한이 화면의 글자를 읽기 시작했다.

"…오르쿠스 제스텔라인. 제스트와 라이라의 차남으로 태어나……."

알리타도 눈을 가늘게 떴다.

"열두 살 때 그랑 드라우의 휘하로 들어가 그의 진전을 잇다… 이런 의미가 맞을까요?"

읽는 속도가 극히 느렸다. 저 화면의 글귀는 죄다 고대 아스틴 어인 것이다.

그동안 두 사람이 고대어 공부를 열심히 하긴 했지만, 그래도 보자마자 동시통역할 정도의 수준은 아니다.

힘겹게 한 두어 줄 읽었을까?

갑자기 화면이 바뀌었다. 다음 페이지로 넘어가 버린 것이다.

알리타가 인상을 썼다.

"에엑! 너무 빨라요, 시한! 좀 천천히 넘겨요!"

"이거 내가 넘기는 거 아냐. 알아서 넘어가는 거라고."

정확히 말하면, 릴스타인이 넘기던 속도 그대로 페이지가 진행되고 있다. 릴스타인이야 고대 아스틴 어에 정통했으니 술술 읽어가며 넘겼겠지만 두 사람이야 어디 그런가?

깨작거리며 두어 줄 읽으려니까 또 페이지가 넘어간다!

알리타는 당황하며 성시한을 돌아보았다.

"윽, 어쩌죠?"

시한이 스펠북을 꺼내 들며 코웃음을 쳤다.

"흥! 이런 건 한국의 수험생에겐 별로 낯선 광경도 아니거든?"

입시 학원 다닐 때, 채 내용을 이해하기도 전에 진도 펑펑 나가는 바람에 고생한 기억이 새록새록 떠오른다.

당연히 대처법도 바로 떠올랐다.

"알리타! 너도 스펠북 꺼내. 그리고 일단 베껴. 닥치는 대로 받아 적은 다음 나중에 천천히 해독하면 되지, 뭐."

"아, 그러면 되겠네요?"

두 사람은 열심히 스펠북에 화면의 글귀와 입체 영상들을 옮기기 시작했다. 성시한이 입체 영상을 옮기고 알리타는 글귀를 받아 적는다.

문제는, 이렇게까지 해도 페이지 넘어가는 속도를 못 따라간다는 점이었다.

"아오, 릴스타인 이 자식! 뭔 글을 이렇게 빨리 읽은 거야?"

투덜대던 시한이 카렌과 제논, 디나를 돌아보았다.

"그쪽도 좀 도와!"

세 사람이 눈을 휘둥그레 떴다.

"…네?"

"저도요?"

소드하이어인 제논이나 디나가 고대어 공부할 일은 전혀

없다.

카렌 역시 마찬가지였다.

"고대 아스틴 어는 전혀 모르는데요?"

교황위는 다양한 지식을 필요로 하는 지위이지만, 그 속에 고대 아스틴 어는 들어가 있지 않은 것이다.

차라리 고대 달의 교단에서 사용하던 언어는 잘 알고 있지만 이쪽은 공부한 적이 없다. 기껏해야 사교계에서 멋 부릴 때 쓰는 몇 가지 관용구만 외우고 있는 것이 전부다.

물론 성시한도 저들에게 거기까지 요구하진 않았다.

"누가 번역까지 하래? 그냥 보고 따라 그리라고! 그건 가능하잖아?"

그제야 세 사람도 허둥지둥 움직였다. 이러는 동안에도 페이지는 계속 훌렁훌렁 넘어가는 것이다.

"혹시 종이와 잉크, 펜이 있나요, 제논 군?"

"없습니다, 카렌 님. 설마 그런 거 쓸 일이 생길 줄은 몰랐죠."

디나가 당황한 제논과 카렌을 향해 한 뭉치의 종이를 내밀었다.

"저 있어요!"

무릇 종자라면 마스터를 따라다니며 그 행적을 기록하는 것 역시 의무다. 알리타가 반색을 했다.

"거봐요! 디나 데리고 오길 잘했죠?"

사람이란 언제 그 쓰임새가 생길지 알 수 없는 노릇이라더니, 정말 옛말 틀린 것 하나 없는 듯했다.

바로 성시한이 지시를 내렸다.

"내가 삽화 쪽 베낀다. 알리타가 문구 상단 절반을 스펠북으로 옮기고, 나머지 절반은 세 사람이 3등분해서 보고 그려!"

지저 2킬로미터의 천 년 묵은 고대 유적에서 때아닌 생난리가 났다.

"디나! 잉크!!"

"여기 있어요, 하이어 제논!"

"어, 여기서부터 제가 베끼면 되는 겁니까, 시한?"

"거긴 카렌이 옮겨 적을 부분이고! 제논은 중간부터!"

"어머, 잘못 그렸……."

"대충 그리셔도 돼요, 카렌 언니! 알아볼 수만 있으면 되니까!"

테이블도 의자도 없는 곳이었다. 세 사람은 어쩔 수 없이 바닥에 엎드려 엉덩이 높이 쳐드는 우스꽝스러운 포즈를 취해야 했다.

그 자세로 진땀 흘리며 대여섯 살 먹은 아이처럼 눈앞의 글자를 삐뚤빼뚤 그려댄다.

차분한 카렌조차 절로 한숨이 나오는 광경이었다.

“하아, 이게 뭐 하는 짓이야…….”

그러는 동안에도 빛의 화면은 계속 페이지를 넘기고 있었다.

일행은 계속해서 베끼고 또 베꼈다. 스펠북을 사용하는 시한과 알리타는 그나마 편했지만, 나머지 세 사람은 손에 쥐가 날 지경이었다.

“으, 손이 저린데…….”

“심지어 내용도 더럽게 길어요!”

제논과 알리타가 투덜거렸다. 카렌도 말은 없었지만 짜증이 표정에 묻어나고 있었다.

“…….”

그나마 다행인 점은, 어느 시점부터 페이지 넘기는 속도가 현저히 낮아졌다는 것이다. 시한이 한숨 돌리며 말했다.

“여기서부터는 릴스타인도 천천히 읽었나 본데?”

그렇게 30분 가까이 페이지가 계속 넘어갔다. 그리고 결국 빛의 화면이 사라졌다.

디나와 제논이 죽는 소리를 내며 몸을 일으켰다.

“끝났어요?”

“아이고, 이제야 허리를 좀 펼 수 있겠군.”

주위는 난장판이었다. 삐뚤빼뚤한 고대어가 가득 적힌 종이들이 사방에 흩어져 있고, 바닥에도 잉크 자국이 흥건했다. 도중에 종이가 모자라 그냥 바닥에 옮겨 적은 것이다.

알리타가 관자놀이를 꾹꾹 누르며 툴툴거렸다.

"이래 놓고 알고 보니 천 년 전의 요리 레시피 같은 거라면, 저 울지도 몰라요."

반면 제논은 오히려 기대하는 표정이었다.

"오, 그것도 나름대로 귀한 보물이 아닌가!"

물론 사방에서 쏟아진 따가운 시선에 바로 꼬리를 내렸지만.

"…죄송합니다."

하여튼 이걸로 전부 베껴 적었다. 이제 이게 무슨 내용인지 확인할 차례였다.

"내용이 상당히 긴데요. 바로 확인할 건가요, 시한?"

"그게 낫지 않겠어, 카렌?"

받아 적은 내용 중에 이 유적의 마도 시스템을 작동시키는 단서가 있을지도 모른다. 그러니 최대한 안전한 장소에서 바로 확인하는 게 좋다.

성시한이 주위를 두리번거렸다.

"여기서 제일 안전한 장소라면……."

카렌이 빙그레 웃었다.

"그냥 지금 이 자리네요."

*　　　*　　　*

옮겨 적은 기록의 앞부분은 대체로 루스클란 대제의 출생 및 어린 시절에 관한 것이었다. 그가 어디서 태어나고 어디서 자랐는지가 간략하게 적혀 있었다.

떠듬떠듬 읽어가던 시한이 고개를 갸웃거렸다.

"이거 아무래도 한 사람이 쓴 게 아닌 것 같은데?"

꽤나 문장이 중구난방이었다.

자서전이라기엔 타인에게 보여주려는 의도가 없어 보이고, 일기라기엔 과거형으로 적혔으며, 곳곳에서 '나'라는 표현과 '제스텔라인', 그리고 '루스클란 황제'라는 호칭을 혼용하고 있었다.

"아마도 여러 자료를 그냥 모아둔 것 같은데요? 개인 수기나 과거 기록, 타인의 평가 같은 걸 수집만 했다면 저렇게 될 수도 있겠죠."

알리타의 추측에 카렌도 동의했다.

"그럴듯한 이야기예요. 이게 무슨 「초대 황제 자서전」 같은 건 아닌 듯하니까요."

단순한 정보 저장의 목적이고 타인에게 보여줄 의도가 아니라면 굳이 저 방대한 자료를 일일이 편집할 필요까진 없다.

그냥 닥치는 대로 모아서 저장한 뒤 대충 마법적으로 나열만 해둔 것이라면 이런 이상한 구성을 띠는 것도 이해가 간다.

시한이 고개를 끄덕였다.

"그럼 마저 읽을게."

어린 시절을 지나, 루스클란 대제가 어떻게 마법의 길에 입문했으며 어디서 수행을 쌓았고 어떻게 정식 마기언이 되었는지에 대한 내용이 흘러나왔다.

듣고 있던 카렌이 실망한 표정을 지었다.

"…대부분 이미 알려진 내용들인데요?"

"릴스타인이 왜 이 부분은 대충대충 빨리 넘겼는지 알겠군."

성시한은 몇 장 뒤로 넘어갔다. 페이지 넘기는 속도가 느려진 곳부터 해석하기로 한 것이다.

거기서부터 릴스타인이 신중히 읽어간 곳이고, 그만큼 정말 중요한 내용이 적힌 부분일 테니까.

"물론 앞부분도 확인은 해봐야겠지만, 마냥 이곳에서 시간을 보낼 순 없잖아? 그건 나중에 돌아가서 하기로 하지."

중간 부분부터 짚어가며 그는 더듬더듬 기록을 읽어갔다.

"루스클란 대제, 나이 28세. 테세린력 587년, 청월의 달. 제스텔라인은 대륙 서남부의 그롤 산맥을 여행하고 있었다. 데스큰과 다란, 라카드를 수집하는 것이 목적이었다. 아, 제스텔라인은 대제가 루스클란이라는 마기언의 이름을 받기 전 사용하던 본명이야. 그리고 데스큰이니 다란이니 하는 건 무슨 마법용 시약이나 촉매 같은 건가 본데?"

산맥을 여행하던 루스클란 대제는 우연히 깊은 동굴 속에서 기이한 힘이 느껴지는 걸 깨달았다. 호기심을 느낀 그는 조심스레 동굴 안으로 들어갔고, 그곳에서 새까만 공간의 균열을 발견했다.

균열은 강대한 기운을 서서히 흘리고 있었다. 인간이 다루는 마력과 투기보다도 한 단계 위의, 세계의 기운 그 자체였다.

저런 엄청난 힘을 보고 그냥 물러선다면 마기언의 자격이 없다.

루스클란 대제는 신중하게 공간 균열을 살피며 탐색 마법을 펼쳤고…….

"그것이 실수였다. 마법을 쓰자마자 균열은 엄청난 흡입력으로 내 존재 자체를 끌어당겼다. 어둠은 굶주린 맹수처럼 순식간에 나를 집어삼켰고, 나는 어둠 속으로 빨려들어 가며 그 충격으로 정신을 잃었다……."

읽어가다 말고 성시한의 안색이 딱딱하게 굳었다. 말이 끊긴 그를 보며 일행이 의아해했다.

"응?"

"왜 그래요, 시한?"

하지만 시한은 여전히 말이 없었다. 그저 굳은 얼굴로 스펠북과 종이를 번갈아가며 바라볼 뿐이었다.

그곳엔 이렇게 적혀 있었다.

*　　　*　　　*

다시 눈을 떴을 때, 나는 그롤 산맥이 아닌 생소한 장소에 와 있음을 깨달았다.

아니, 생소하다는 표현만으론 턱없이 부족할 것이다.

그곳은 아예 테라노어가 아니었다.

전혀 다른 세계, 전혀 다른 세상이었다.

Chapter 3

Two World

성시한은 굳은 얼굴로 루스클란 대제의 수기를 말없이 보고만 있었다. 카렌이 눈치를 보며 살며시 그를 불렀다.

"…시한?"

그때 시한의 표정이 살짝 풀렸다. 심지어 피식 웃기까지 했다.

알리타가 황당해하며 물었다.

"뭐예요? 왜 웃어요?"

"아, 그냥 남 이야기가 아니라서……."

그는 다음 문장을 소리 내어 읽었다.

"나는 알몸이었다."

*　　　*　　　*

나는 알몸이었다.

입고 있던 마기언의 로브, 안에 걸친 상의와 하의, 심지어 속옷까지 깡그리 사라진 상태였다.

당시엔 다른 세상에 떨어졌다는 사실보다, 내가 홀랑 벗고 있다는 것이 더 충격적이었다.

도대체 내게 무슨 일이 일어난 거냐!?

다행인지 불행인지 주위에 아무도 없었다. 벌거벗은 나를 볼 사람도 없었다.

겨우 정신을 추스르고 주변을 살폈다.

내가 떨어진 장소는 밤의 들판이었다.

무성한 잡초가 대지를 가득 뒤덮고 군데군데 검불 숲이 조성되어 있었다. 그 이상은 너무 캄캄해 알 수 없었다.

경치 자체는 테라노어와 전혀 다르지 않았다. 하늘이 있고, 땅이 있고, 사방에 식물이 보였다. 그 광경만으론 이곳이 다른 세상이라는 증거가 되지 못했다.

내가 저 사실을 깨달은 것은, 소모된 마력을 채우기 위해 명상에 잠기던 중이었다.

세상의 기운이 이질적이었다.

테라노어와 분명 흡사하면서도, 알아차리지 않을 수 없을 정도의 명백한 차이점이 사방의 기운에 존재했다. 그 기운을 마력으로 치환하는 과정에서 나는 저 사실을 똑똑히 깨달을 수 있었다.

그제야 이곳이 다른 세상임을 깨닫고 경악했다.

*　　　*　　　*

성시한은 의아해했다.

“마력이 이질적이었다고? 나도 지구에 돌아가서 마법 꽤 써 봤지만 그런 느낌은 전혀 못 받았는데?”

알리타가 가볍게 눈을 흘겼다.

“그냥 둔해서 그런 거 아니고요?”

“내가 마법을 야매로 익힌 건 맞는데, 감지 능력 자체는 나쁘지 않거든? 저런 차이점을 찾는 건 오히려 자신 있는 데…….”

이해할 수 없는 이야기였다.

시한이 머리를 벅벅 긁으며 번역을 이었다.

“여기서부터는 호칭이 막 뒤섞여 있는데, 헷갈리니까 그냥 전부 1인칭으로 통일할게.”

*　　　*　　　*

명백한 이질감 속에서 나는 이 장소가 테라노어가 아닐지도 모른다며 경악했다. 하지만 바로 확신하진 못했다.

애써, 다른 세상에 온 것이라기보다는 그냥 컨디션이 좋지 않아 이상한 기분이 든다고 믿었다. 정확히는 그렇게 믿고 싶었다.

그러나 명상을 끝내고 밤하늘을 올려다보았을 때, 어둠을 밝히는 만월을 응시하며 나는 한 번 더 당혹스러워해야 했다.

보름달에 때가 끼어 있었다.

표현이 저속하다는 것은 알지만, 당시엔 저 표현 외에는 다른 것을 떠올릴 수가 없었다.

둥근달 표면에 온갖 음영이 가득했다. 난생처음 보는 지저분한 달이었다. 순간적으로 '크론 리자테께서 오늘 세수를 게을리하셨나?'라는 농담마저 떠오르는 광경이었다.

마력의 이질감, 그리고 전혀 다른 달의 형태.

결국 난 이 세계가 테라노어가 아님을 인정했다. 그리고 절망에 빠졌다.

그럼 대체 여기는 어디란 말인가?

한참을 패닉에 빠져 있다가 간신히 몸을 일으켰다. 어쨌거나 알몸인 채로 마냥 들판에 주저앉아 있을 수는 없었으니까.

뭔가 가릴 것이 없나 찾아보았지만 허탕이었다. 나무 잎사귀들이 하나같이 작았다.

덕분에 이 지역의 기후에 대해선 파악할 수 있었다. 대충 온대에서 한대 기후 사이의 지역이리라.

나는 사타구니만을 가린 채 서글프게 들판을 헤매는 처지가 되었다. 그렇게 세 시간쯤 계속 걷던 중이었다.

겨우 희망이 보였다.

어둠 속 저 멀리 불빛이 보인 것이다.

테라노어에서 밤의 불빛은 곧 인간의 마을을 의미한다. 이곳도 같기를 바라며 허겁지겁 달렸다.

천만다행히도, 진짜 인간의 마을이었다. 대략 20채 정도 되는 낮은 지붕의 가옥들이 옹기종기 모여 있었다.

테라노어 북부 지방에서 흔히 볼 수 있는 건축 양식이었다. 다른 세상치고는 지나치게 익숙한 형태라 도리어 당황스러울 정도였다.

어쨌거나 조심스레 마을로 접근했다.

마을 어귀에 들어서자 횃불을 든 청년이 마을을 배회하고 있는 것이 보였다. 태도를 볼 때 일종의 자경단인 듯했다.

청년은 어귀에 선 나를 보고 기겁하더니, 알 수 없는 언어로 물었다. 어조를 통해 그가 매우 경계하고 있으며, 동시에 황당해한다는 걸 알 수 있었다.

하긴, 심야에 웬 정체불명의 외지인이 홀딱 벗은 채 사타구니만 가리고 나타났으니 당연한 반응일 것이다.

나는 청년을 살피며 정보부터 얻었다.

대륙 서부에서 흔히 볼 수 있는 외모였다. 탁한 적갈색 머리카락에 갈색 눈동자, 엉덩이처럼 갈라진 턱에는 까칠한 수염이 나 있었다. 지금 당장 테라노어에 데려다 놓아도 다른 세상 사람이라고 믿어지지 않을 만큼 흡사했다.

그가 계속 뭔가를 말하기에 나도 일단 대꾸했다.

안녕하시냐고, 여기는 대체 어디냐고.

물론 상대가 알아듣지 못한다는 건 알고 있었다. 그래도 일단 내가 바보나 벙어리가 아니며, 단지 언어가 다를 뿐인 정신 멀쩡한 외지인일 뿐이라는 걸 증명해야 했다.

또한 손짓 발짓으로 내가 강도를 만났으며, 그들이 귀중품은 물론이고 옷까지 홀랑 벗겨 갔음을 전력을 다해 어필했다.

솔직히 뜻이 통할지는 의심스러웠다.

테라노어의 제스처가 이곳 사람들에게 통한다는 보장도 없고, 이 세계에 강도란 존재가 있는지도 확실치 않았다. 무엇보다 옷까지 벗겨 갔다는 말을 믿을지가 제일 의문이었다.

아무리 강도라도 보통 옷가지까지 벗겨 가진 않는 것이다. 적어도 테라노어는 그렇다.

다행히도 이 동네에선 의외로 저런 경우가 제법 있는 모양이었다. 순순히 청년이 납득해 준 것이다. 황당해하는 어조가 눈에 띄게 가라앉았다.

나는 안도했다.

…어쩐지 청년이 내 엉덩이 쪽을 보며 대단히 불쌍하고 안쓰럽고 처량해하는 표정을 지어서 좀 꺼림칙하긴 했지만, 그건 애써 무시했다.

그럼에도 청년은 경계하는 기색을 채 풀지 않고 있었다. 무장은 고사하고 옷조차 걸치지 않은 외지인을 이토록 경계하다니, 외적의 침략이 꽤나 잦은 곳인 듯했다.

그래서 마법의 힘을 빌렸다.

당시 나는 정신계 마법을 다루는 데 있어 대륙에서 다섯 손가락 안에 드는 실력자였다.

매혹의 주문을 이용해 상대의 의식을 희롱했다. 그의 경계심을 낮추며 동시에 '불운한 사고를 당한 여행자'에 대한 동정심을 끌어올렸다.

그렇게 간신히 처음 만난 현지인의 호의를 얻었다.

*　　　*　　　*

"뭐지? 경계심을 낮추고 동정심을 끌어올리는 거면 아마도

매혹(charm) 계열 마법 같은데…….”

시한이 어이없다는 표정으로 혀를 찼다.

“그럼 고작해야 4층 주문인데, 이걸 가지고 무슨 대륙에서 다섯 손가락씩이나?”

카렌이 설명했다.

“말했잖아요? 천 년 전에는 마법 수준이 많이 낮았다고. 그 당시에 4층 주문 정도면 충분히 수준급에 속했을걸요?”

“낮았다는 게 그 정도였어? 거참…….”

그는 혀를 내두르며 문서로 시선을 돌렸다.

*　　　*　　　*

청년은 경계를 풀고 나를 자신의 집으로 안내했다. 그곳에서 옷가지를 얻었고 또 식사도 대접받았다.

그의 이름은 막스, 대충 20대 중후반의 나이로 율리아라는 이름의 젊은 아내와 대여섯 살쯤 되는 소피라는 딸을 가진 농부였다. 테라노어의 평민과 마찬가지로 성은 따로 없었다.

매혹 마법 덕분에 그들은 나에게 많은 호의를 베풀었다. 다른 주민들 역시 마찬가지였다. 덕분에 계속 마을에서 머물 수 있었다.

저들에게 나는 북에서 온 자로 여겨졌다. 내 백금의 머리칼이 이곳의 북쪽 사람들에게서 흔히 볼 수 있다는 모양이었다.

마을 사람들은 내가 북쪽 야만인들의 노예로 살다가 운 좋게 탈출해 이 마을에 도착했다고 추측했다. 딱히 더 좋은 핑계를 찾지 못했으니 나 역시 저 견해를 그대로 받아들였다.

마을에 정착한 뒤, 나는 우선적으로 이 세계의 언어를 익히는 것부터 시작했다.

언어 자체는 주민들과의 교류를 통해 습득이 가능했지만 문자는 그렇지 않았다. 우리 세계의 평민들처럼 이곳 사람들 역시 까막눈이었다.

이곳에서 문자를 다룰 정도로 학식이 깊은 이는 신을 섬기는 자들뿐이었다.

이 세계는 일월성신의 신앙이 없다. 그 대신 절대적인 유일신 신앙이 있다.

일월성신은 그저 세상의 섭리일 뿐이며, 예슈스라는 천 년 전의 초인이 있어 유일신의 독생자로 신앙의 대상이 된다. 상당히 특이한 교리였다.

예슈스를 섬기는 마을의 유일한 교회, 그곳의 신부를 통해 문자를 익히고 지식을 얻었다.

그는 요한이라는 이름의 오십 대 중년 사내였는데, 단순한 종교적 지도자를 넘어서 이 마을 전체에 큰 영향을 미치는 자였다.

이 세계는 왕과 귀족조차도 교양이 부족하거나 문맹인 경우가 많았다. 심지어 문자를 안다는 것은 겁쟁이의 증거라는 믿음조차 있었다.

또한 지배자들끼리 싸우다 몰락하고 교체되는 경우가 잦아 일상적인 행정이 지속적으로 이루어지지 않는다고 했다.

충분한 수의 지식인을 보유하고 지속적으로 행정을 관리할 수 있는 조직은 교회뿐이었다. 행정은 물론이고 관혼상제 등의 행사 역시 교회에서 맡고 있었다. 대신 왕과 귀족은 군사력을 통해 치안 유지와 재판을 담당했다.

강한 무력을 지닌 일월성신의 교단이 재판과 치안 유지를 담당하고, 왕과 귀족이 일반 행정을 관리하는 테라노어와는 경우가 정반대였다.

요한 신부를 통해 나는 이 세상에 대한 폭넓은 정보를 얻었다.

그 마을은 알레만 왕국의 군주였던 하인리히의 아들, 오토라는 자가 다스리는 곳의 일부였다. 지금은 저 오토라는 왕이 롬바르디아를 점령한 뒤 로마 제국이라고 불리는 듯했다…….

* * *

서류 속 내용을 통해 시한은 당시의 상황을 대충 추측해

갔다.

“중세 유럽, 그것도 독일 쪽에 떨어졌었나 보네? 하인리히의 아들 오토라면, 오토 1세인가? 분명히 신성 로마 제국의…….”

알레만 왕국은 뭔지 모르겠다. 롬바르디아는 아마도 이탈리아 쪽 지명 같은데…….

“오토 1세면 동 프랑크 왕국 아니었나? 그리고 왜 그냥 로마 제국이지? 아, 그러고 보니 당시엔 그냥 그렇게만 불렸다가 신성 제국으로 바뀌고, 나중에 또 신성 로마 제국으로 바뀌었던가?”

성시한은 예전에 배운 세계사 지식을 열심히 더듬으며 쓴웃음을 지었다.

“거참, 관성적으로 다닌 대학의 강의를 이런 데서 써먹게 될 줄은 또 몰랐네.”

그 이후 내용은 전반적으로 루스클란 대제가 마을에서 지낸 과정에 대해서였다.

*　　　*　　　*

나는 마을에서 머물며 열심히 이 세상의 언어와 문화, 그리고 상식을 익혔다. 그렇게 석 달쯤 지났을 때였다.

내게 변화가 생겼다.

어느 순간부터 세상의 기운이 손에 잡힐 듯이 당연하게 느껴졌다. 믿을 수 없을 정도로 마력을 쌓는 것, 총허용량을 늘리는 것이 쉬워졌다.

마력만이 아니었다.

소드하이어의 투기조차도 나도 모르게 익혀 버렸다.

실로 어이없는 일이었다. 평생 무의 길을 걸은 달인이나 겨우 느낀다는 투기가 이토록 쉽게 생겨 버리다니?

하지만 다루는 법을 몰랐기에 투기는 그냥 계속 쌓이기만 했다. 그래도 기본적으로 몸이 튼튼해지고 신체 능력도 좋아졌으니 나쁜 일은 아니었다.

잘 모르는 투기는 젖혀두고, 난 마법의 힘을 계속해 키웠다.

그토록 어렵던 온갖 마법들을 너무도 쉽게 터득할 수 있었다. 어마어마한 마력량 덕분에 위력도 엄청나졌다.

원래대로라면 기껏해야 사람 주먹만 한 불꽃을 만드는 '파이어볼'이 집채만 한 화염구 수십 개를 만드는 수준이 되었다. 이 세계에 떨어지기 전엔 상상도 못 해봤던 일이었다.

그럼에도 나는 환희보다 공포를 먼저 느꼈다.

고작 석 달 정도 이 세계에 머물렀을 뿐인 내가 이토록 굉장한 마법의 힘을 손에 넣었다면, 이곳에서 나고 자란 마기언들은 대체 얼마나 괴물들이란 말인가?

사례가 없는 것도 아니다.

요한 신부를 통해 나는 마을에서 사용되는 언어 외에 다른 언어도 익혔다. 이 세계는 각 지방의 언어와 문자 상위에 유일신의 말씀을 적은 라틴어라는 것이 따로 있어, 예슈스의 경전은 그 문자로 기록되어 있었다.

그 경전의 내용에는 다양한 프린과 마기언들이 등장한다.

곰을 소환해, 대머리라고 놀린 아이들을 찢어 죽이는 프린이 있었다. 바다를 가르고, 강물 전체를 피로 바꾸고, 열 가지 재앙으로 일국을 멸망시키는 무시무시한 마기언도 있었다. 바다를 걷고, 폭풍을 가라앉히고, 한 바구니의 빵과 물고기를 수천 명의 식량으로 바꾸고, 심지어 죽음에서 부활하는 초인도 있었다.

일월성신의 프린이나 프레이어들조차도 저렇게까지는 하지 못한다. 그래서 처음에는 그냥 전설 속 허구라고만 여겼다.

하지만 내게 일어난 변화를 생각해 보면 충분히 가능할지도 모르는 것이다.

두려웠다.

이 작은 마을 밖에 얼마나 많은 괴물들이 득실거릴지 모른다. 어쩌면 그저 이 상태로 조용히 살아가는 것이 오래 사는 비결일지도 모른다.

하지만 나는 그런 삶을 원하지 않았다.

아무리 위험하더라도 테라노어로 돌아가고 싶었다. 이 알 수 없는 세상에서, 진정한 나를 아무도 모르는 이 작은 마을에서 생을 마감하고 싶지는 않았다.

결국 나는 결심했다.

그리고 마을을 떠나 세상으로 향했다.

*　　　*　　　*

알리타가 성시한을 돌아보았다.

"역시 이건……."

그녀는 예전에 시한으로부터, 그가 지닌 초인적인 힘의 비밀에 대해 들은 적이 있다. 단순히 지구인이어서가 아니라 차원을 넘었기 때문에 생긴 능력이라고.

그리고 의문을 품었다.

그렇다면 테라노어인이 지구로 건너갔다가 돌아오면 어떻게 되는가?

시한은 고개를 끄덕였다.

"역으로도 같은 효과가 있었나 보네?"

그 해답이 여기 있었다. 과거의 자신과 상황이 거의 흡사하다.

제논이 물었다.

"변화가 생긴 게 대략 석 달 후라고 하는데, 시한도 혹시 그랬었습니까?"

"솔직히 말하면 나는 잘 몰라. 당시에는 종일 고문만 당했으니까 제정신도 아니었고. 하지만 릴스타인과 함께 탈출하던 시기를 생각해 보면……."

그때도 어느 순간 갑자기 마력이 느껴지며 폭주를 일으켰다.

"…대충 시기는 맞는 것 같은데?"

카렌이 놀라워하며 중얼거렸다.

"그렇다면 루스클란 대제 역시 시한과 비슷한 존재였군요."

*　　　*　　　*

나는 마을을 떠났다.

테라노어에서 한낱 개인이 국경을 넘나드는 것은 요원한 일이다. 이 세계 역시 수많은 왕국으로 이루어져 있으니, 여행이라는 것이 쉽지 않을 것이라 여겼다.

다행히 시기가 나쁘지 않았다.

예슈스라는 신앙의 대상이 승천한 지 천 년쯤 지난 때였다. 천년왕국이 이루어질 것이라는 이 세계 특유의 믿음 덕분에, 많은 종교인들이 순례자라는 신분으로 세상을 여행하고 있었다.

특별한 권력이나 배경을 지니지 않은 개인도 저 신분을 내세우면 그럭저럭 의심을 피하고 국경을 넘는 것이 가능했다. 물론 기본적인 배경은 필요했기에 적당히 요한 신부의 정보를 통해 사칭하긴 했다.

혼란한 시기였다.

헝가리 왕국이 출범하고 동쪽에 셀주크라는 새로운 세력이 등장했으며, 로마 제국 역시 교회와의 주도권 싸움을 치열하게 벌이고 있었다.

그 속에서 나는 테라노어로 돌아갈 방법을 찾아 떠돌았다.

우선 라인 강을 낀 지역을 따라가며 신비주의 신학자들과 접촉했고, 이후 보다 멀리 나아갔다. 그 과정에서 많은 강도와 범죄자들을 만났지만 별문제는 없었다.

이미 내 마법은 인간의 한계를 초월한 지 오래였다. 어지간한 산적쯤은 손끝만으로 불태워 죽일 수 있었다.

반면 투기 쪽은 잔뜩 쌓아놓고도 다루는 법을 전혀 몰랐다. 그래서 육체적으로는 딱히 뛰어난 부분이 없었다. 그래도 몸 건강히 병 안 걸리고 돌아다닐 수 있다는 점에서는 매우 유용했다.

그렇게 이곳의 소드하이어와 마기언, 프린과 프레이어들을 만났다.

재미있게도 이 세계는 프린과 마기언의 구별이 없는 경우가 많았다. 소드하이어와 마기언의 구별도 잘 하지 않는 것 같았다.

기적을 행사하는 이들은 저 구분을 딱히 하지 않았으며, 육체와 정신의 합일을 더욱 중요시했다.

천사에게 간택되어 성령을 접했다는 프린이 정작 다루는 능력은 마기언에 가까웠고, 세계의 이치에 접근해 마법의 힘을 얻은 이들도 육체적 단련을 게을리하지 않았다. 테라노어의 사령술사처럼 사악한 어둠의 신을 섬기는 이들도 있었다.

그 외에도 정말 많은 것들을 접했다. 수많은 지혜와 지식을 배우고, 비의를 얻었다.

물론 그 과정이 마냥 평화로웠던 것은 아니다. 소중한 지식과 지혜, 비의를 그냥 알려줄 이들은 어느 세상에도 없을 테니까. 이 세계든, 테라노어든.

딱히 자랑스러울 것 없는 이 과정에 대해선 세상의 오랜 격언으로 요약하겠다.

역시 폭력은 좋은 대화 수단이었다.

오히려 비의를 터득하는 것보다, 얻은 비의를 해석하기 위해 언어를 터득하는 쪽이 더 힘들었다.

그나마 대륙의 서쪽은 라틴어로 대충 때우는 것이 가능했다. 그리스어도 일단 계통은 같았다. 비잔틴제국을 지날 때까지만 해도 어떻게든 문자가 통용이 됐다.

그보다 더 동쪽으로 넘어가 보니, 완전히 언어 계통이 달랐다.

셀주크도, 더욱 동쪽의 당이라는 제국도 언어며 문자 체계가 독자적이었다. 내가 도착했을 땐 당은 이미 멸망하고 온갖 다양한 국가가 난립해 있었지만, 쓰는 말과 문자는 비슷했다.

테라노어 역시 수많은 언어와 문자가 난립하니 사실 이것에 대해 투덜댈 이유는 없다. 그래도 내 입장에선 귀찮고 짜증 나는 일이었다.

오죽하면 테라노어로 돌아가 세계 정복이라도 하면 '그땐 우리 아스틴 왕국의 말로 대륙을 통일해 버려야겠다!'라는 생각마저 들었을 정도였다…….

*　　　*　　　*

"실제로 이건 저질렀군."

시한의 조소에 알리타가 고개를 끄덕였다.

"현재 테라노어는 공용어 외엔 다른 언어가 전부 금지되어 있으니까요."

루스클란 대제는 제국을 세우고 고향인 아스틴 왕국의 언어를 제국의 공용어로 정한 뒤 다른 언어와 문자의 사용을 모조리 금지했다. 그 천박한 문화 말살 정책으로 인해 많은 식자들이 반발했지만 황제의 힘은 너무도 강대했다.

결국 대륙은 단 하나의 공용어에 의해 통일되었다.

천 년이 지난 지금은 일월성신의 교단에서 사용하는 몇몇 고대 신성어만이 간신히 명맥을 잇고 있을 뿐이다.

"이 사람이 천재는 천재였나 보다."

성시한은 루스클란 대제가 익혔다는 언어들을 살펴보며 혀를 내둘렀다.

차원을 넘으며 생기는 부작용은 오직 투기와 마법의 재능뿐이다. 언어적인 부분은 전혀 상관이 없다.

저건 그냥 대제의 타고난 재능인 것이다.

"어휴, 난 아스틴 어 하나 익히는 것만도 머리에 쥐가 날 지경이었는데……."

심지어 못 익히면 목숨이 오락가락하는 처절한 상황이라 정말 열심히 공부했는데도 거의 1년은 걸렸었지.

"그나저나, 중국까지 갔었어? 어쩌면 한국에도 왔었을지도?"

시한은 살짝 기대하며 대제의 여정을 마저 살폈다. 그러나 루스클란 대제는 딱 중국과 인도차이나반도, 인도 지역까지만 돌고 그대로 돌아간 모양이었다. 한국, 당시 고려에 관한 내용은 보이지 않았다.

"한국까진 안 왔나 보군."

시한은 별생각 없이 계속 기록을 읽었다.

*　　　*　　　*

몇 년에 걸쳐 세상을 떠돌았다.

수많은 국가를 통해 수많은 사람들을 만나고, 수많은 일을 겪었다.

다양한 소드하이어며 마기언, 프린들과 싸워보았다. 인간이 아닌 상대와 조우한 적도 간혹 있었다.

이 세계 역시 테라노어처럼 초월적인 능력을 지닌 괴물들이 존재했다. 세계의 기운이 자연스럽게 창조해 낸 이능체들, 극히 희소한 존재라는 것 역시 비슷했다.

용, 혹은 드래곤이라 불리는 괴물은 테라노어와 거의 흡사했다. 그 외에도 로크, 크라켄 등 다양한 환수종, 피를 빠는 인간이라든가, 짐승으로 변하는 인간 등등 온갖 요괴와 마물들을 만났다.

그 모든 경험을 토대로 나는 깨달았다.

착각하고 있었다.

내가 그토록 두려워했던 초인 따윈 이 세상에 없었다.

이 세계의 마법은 내게 전혀 통용되지 않았다. 그들이 어떤 강력한 마법을 들고 와도 내 입장에선 산들바람이나 다름없었다.

이쪽은 얼마든지 마법을 먹일 수 있는데 저쪽은 그렇지 않으니 어찌 패할 수 있을까?

물론 투기, 이곳에서 오러나 프라나, 혹은 공력이라고 불리는 능력을 구사하는 이들은 충분히 나를 공격할 수 있었다. 천사나 이계의 신에게 힘을 빌리는 자들, 테라노어로 치면 프린이나 프레이어와 비슷한 이들의 공격도 내게 충분히 먹혔다.

하지만 그들 역시 별 위협은 되지 못했다.

이곳의 능력자들은 내 상상만큼 강하지 않았다. 그들의 평균 실력은 테라노어와 거의 차이가 없었다.

그동안 만났던 가장 뛰어난 현자조차도 예전의 나와 비슷한 수준이었고, 이 세계의 가장 강력한 용도 테라노어의 드래곤과 거기서 거기였다. 그러니 설사 내게 마법이 통용되었다 할지라도 결과는 별 차이 없었을 것이다.

신비에 몸담고 비의를 이어가던 모든 이들이 오히려 날 두려워했다.

나 자신이 세상에서 가장 강력한 힘의 소유자였다.

*　　　*　　　*

"과연, 이런 특징도 시한과 거의 흡사하네요."

카렌의 말에 성시한이 고개를 갸웃거렸다.

"그런데 이건 좀 이상하네."

"뭐가요?"

"지금 루스클란 대제의 기록을 보면……."

그는 마치, 예전의 중세 지구에서는 마법이나 투기가 당연히 존재했던 것처럼 묘사하고 있었다.

"…미신이 아니었나?"

하여튼 마저 읽어봐야겠다.

*　　　*　　　*

나 자신이 세상에서 가장 강력한 힘의 소유자였다.

나는 그 사실을 깨닫고 절망했다.

내가 이 세상에서 가장 강한 자라는 의미는 곧, 어느 누구도 내게 고향으로 돌아갈 방법을 알려주지 못한다는 소리인 것이다.

그래도 희망을 버리지 못하고 좀 더 세상을 떠돌았다. 혹여 현 시대엔 없더라도 과거의 지혜 중에는 단서가 될 만한 것이 있을지도 모르니까.

여전히 성과는 없었다.

차원의 균열을 다시 여는 수법, 이를 한 자루 검을 손에 넣는 것으로 비유해 보겠다.

그동안 나는 '검'을 입수하는 방법을 찾아 세상을 떠돈 셈이다. 그러나 이 세계의 지식과 지혜는 '검술' 쪽이었다.

손에 넣은 검을 어떻게 다루고 휘둘러야 가장 효율적인 결과를 낳을 수 있을지에 대해선 다양한 정보가 있었지만, 정작 그 검을 어떻게 창조할 수 있는지에 대해선 아무도 몰랐다.

얼마나 오랜 시간이 지났을까?

결국 나는 지쳐 버렸다.

도무지 답이 보이지 않는 여정이었다.

물론 세상은 한없이 넓고 또 넓으니, 계속해 도전하다 보면 언젠간 답을 찾을 수 있을지도 모를 일이다. 하지만 한낱 인간의 의지는 그 정도로 강하지 못하다.

나는 고향으로 돌아왔다. 물론 여기서 고향이라는 건 테라노어가 아니라, 이 세계에서 처음 머물렀던 그 마을을 의미한다.

어느새 8년이란 시간이 흐른 뒤였다.

나를 구해줬던 막스는 삼십 대가 되었고, 귀엽던 어린아이 소피는 제법 여인 티가 나는 숙녀로 커 있었다. 요한 신부만이 예전 그 모습 그대로 교회를 지킬 뿐이었다.

우습게도, 그들과 재회하자 놀라울 정도의 안정감과 평온함을 느꼈다. 이대로 이곳에서 여생을 마치는 것도 나쁘지 않겠다는 생각이 들 정도로.

그동안 얻은 힘으로 이 세계를 정복한 뒤, 새로운 지인들과 알콩달콩 목가적으로 살아가는 것도 괜찮을 것 같았다…….

*　　*　　*

"…알콩달콩 목가적으로 세계 정복을 하시겠다고? 이거 지금 내가 제대로 읽은 게 맞나?"

성시한은 어이없어 하며 앞부분을 다시 되풀이해 읽었다.

잘못 해독한 것은 아니었다. 정말 저런 내용이었다.

"이 인간도 어지간히 이상한 인간이었네?"

"애초에 멀쩡한 인간이 불혹의 나이에 세계를 정복하려고 들겠어요? 무슨 혈기 넘치는 이십 대도 아니고……."

따지고 보면 자신의 먼 조상인데, 참으로 단호한 평을 내리는 알리타였다.

"저런 인간이니까 테라노어를 통일하고 제국을 세울 수 있었겠죠."

그녀의 말에 성시한은 쓴웃음을 지었다. 그리고 다시 스펠북을 읽었다.

"…마음을 굳히고 나는 그동안 얻은 힘과 지혜를 차분히 정립해 갔다."

*　　　*　　　*

나는 마음을 굳히고 그동안 얻은 힘과 지혜를 차분히 정립해 갔다.

그러던 중이었다.

상상도 못 해본 사실을 깨달았다.

이미 내 허리춤에는 한 자루 검이 매달려 있었다.

검과 검술로 비유했던 '차원을 다루는 힘'과 '그 힘을 응용하는 방법'.

이 세계에도 후자는 있었다. 사악한 소환 의식을 통해 이계의 존재를 부르고 그 힘을 빌리는 방식은 나도 간혹 접해보았다.

하지만 그것은 결코 차원을 다루는 힘이 아니었다.

저 수법은 어디까지나 일월성신의 신앙과 비슷한 맥락이다. 보다 고위의 존재가 권능을 대신 행해주는 것이지, 술자가 그 힘을 지배하고 다루는 것이 아니다.

그토록 찾아 헤맸지만 결국 찾지 못해 포기한 차원을 다루는 힘.

이미 그 힘은 내 속에 내재되어 있었다.

그저 그동안 느끼지 못했을 뿐이었다. 칼집에 고이 꽂혀 있어 뽑히지 않았을 뿐이었다.

이 사실을 깨달았을 때 내가 얼마나 황당했을지 후인들은 익히 짐작할 수 있으리라 믿는다.

나는 어이없어 하면서도 이 검을 뽑아 휘둘러 보았다. 차원력이라 이름 붙인 이 새로운 마력을 응용해 세상에 균열을 일으켰다.

허허…….

정말 구멍이 뻥 하고 뚫렸다. 내가 이 세계에 떨어졌을 때 조우했던 바로 그 균열이었다.

칠흑 같은 어둠 속으로 그토록 그립던 테라노어의 기운이 희미하게 새어 나오고 있었다. 이제 저기에 몸을 던지기만 하면 고향으로 돌아갈 수 있으리라.

나는 감히 그리하지 못했다.

어찌 그럴 수 있겠는가? 이런 현상이 일어난 이유에 대해 전혀 아는 것이 없는데?

무릇 상식이 있는 마기언이라면 무지(無知)에 목숨을 걸지는 않는 법이다.

우선 균열을 닫고 원인을 찾으려 애썼다. 수많은 가설을 조합해 겨우 이유를 찾을 수 있었다.

이 이유를 기록하기에 앞서, 어째서 내가 그토록 강력한 마력과 투기의 소유자가 되었는지를 먼저 서술해야 한다.

내게 생긴 저 변화의 원인은, 테라노어의 존재인 내가 차원을 넘어 육체와 감각이 재정립되는 과정에서 이질적인 이쪽 세계의 기운 역시 당연한 현실로 인식된 탓이다.

그렇기에 난 쉽사리 이 세계의 기운을 인식하고 투기와 마력을 손에 넣을 수 있었다.

차원력이 생긴 이유는 저것의 연장선이었다.

나는 테라노어에서도 이미 상당한 수준의 마력을 보유하고 있었다. 그리고 이 세계에 떨어진 후에도 꾸준히 마력을 키워 왔다.

이 세계와 테라노어, 양쪽 모두에 동질성을 가진 나만의 마력.

그 동질성이 차원을 넘어 공명하며 양쪽 세계의 가교가 되는 것이다.

이는 마력이란 기운 자체가 세상과의 공명을 통해 발동되는 방식이기에 가능하다. 스스로의 생명기를 끌어올리는 투기, 고차원적인 존재의 권능을 받아 행사하는 신성력은 이런 현상을 일으킬 수 없다.

생각해 보면 꽤나 운이 좋았다.

만약 내가 마기언이 아니라 소드하이어, 혹은 일월성신의 프린이나 프레이어였다면 이런 행운은 없었으리라.

차원력이란, 오직 마력을 가진 이가 차원을 넘을 때만 생기는 부작용이니까.

*　　　*　　　*

시한은 눈을 껌벅였다.

"어? 차원 통로를 열 때도 차원력이 필요한 거였어?"

이제껏 그는 루스클란 혈족이 이계 마물을 소환하는 데 필요한 권능, 즉 차원 너머로 손을 뻗어 이계의 존재를 부르는 능력이 차원력이라고 이해하고 있었다.

'그냥 차원문을 열고 직접 건너가는 건 해당 마법만 쓸 줄 알면 가능한 줄 알았는데…….'

지구로 돌아간 뒤에도 차원문 자체는 몇 개월 만에 열 수 있었던 것이다. 테라노어로 향하는 차원 좌표를 못 찾아서 문제였지.

"과연……."

카렌이 납득이 간다는 표정을 지었다.

"예전 릴스타인이나 사파란이 왜 그렇게 시한이 자력으로 돌아올 수는 없다고 호언장담했는지 알겠네요."

십 년 전 저들이 성시한을 조사했을 때는, 분명히 아무런 차원력도 찾지 못했을 것이다. 당시 시한은 마력도 투기도 없는 상태에서 테라노어로 떨어졌으니까.

하지만 지구로 귀환당하며 재차 차원을 넘을 때는, 플로어 마스터급의 강력한 마력을 지니고 있었지.

"그 시점에서 차원력이 개화되었겠군요."

시한이 멍하니 고개를 끄덕거리다 문득 몸을 떨었다.

"어? 그럼 사파란에게 복수를 못 한 게 정말 다행이었네?"

마력을 지닌 사파란을 차원 너머로 던졌다면, 단순히 쉽게 돌아오는 걸로 끝나지 않았을지도 모른다. 어쩌면 루스클란 대제나 성시한처럼 초월적인 능력을 손에 넣었을 수도 있다!

"어휴, 진짜 큰일 날 뻔했군."

그렇다고 릴스타인에게 고마워할 마음은 전혀 들지 않지만.

"알고 보니 나 역시 차원력을 소유하고 있었다라……."

성시한은 중얼거리며 자신의 손을 바라보았다. 뭔가 떠올랐는지 제논이 입을 열었다.

"어? 그럼 시한도 루스클란의 이계소환술을 쓸 수 있는 겁니까? 어쨌든 차원력이 있다는 소리잖아요?"

카렌이 그를 독촉했다.

"해봐요."

"이런 동굴 안에서?"

"손바닥만 한 작은 걸로 하나 소환하고 후딱 보내면 되잖아요? 어차피 전투 중도 아닌데."

듣고 보니 그럴싸하다.

이미 이계소환술 술식 자체는 달달 외우고 있는 시한이었다. 바로 시험해 보았다.

결과가 나왔다.

"안 되는데?"

하긴, 생각해 보면 그동안 이계소환술 총론을 터득하며 관련 술식을 수도 없이 연습했던 적이 있다. 만약 이계소환술 사용이 가능했다면 진작 깨달았을 것이다.

"그거랑은 또 뭐가 다른 건가?"

아직도 기록은 많이 남아 있었다.

성시한은 마저 해독을 시작했다.

차원력의 비밀을 밝혀냈다. 그리고 이를 시작으로, 그동안 느꼈던 다른 의문들 역시 조금씩 풀 수 있게 되었다.

어째서 이 세계의 마법이 나에겐 통용되지 않았을까?

다른 세계의 존재는 차원 이동을 통해 이쪽 세계를 현실로 인식하는, 일종의 '존재 조정 과정'을 겪는다. 그리고 그 과정에서 특별한 감지 능력을 얻게 된다.

하지만 같은 방식으로 힘을 얻어도 마력과 투기는 본질적으로 다르다.

투기는 직접적인 힘이다.

스스로의 생명기를 투지의 기운으로 바꾸고, 그 힘을 다양한 파괴의 빛이나 속성으로 변화시켜 적을 격퇴한다.

마력은 간접적이다.

마력 자체가 직접 파괴의 빛이나 불꽃, 전격 등으로 변화하진 않는다. 세상과 공명해 간접적으로 현실을 왜곡시킬 때에서야 비로소 마력은 마법이 된다.

가끔 마력 그 자체를 쏘아내 뭔가를 파괴하는 경우도 있지만 이 역시 원리를 따지고 보면 마찬가지다. 마력을 써 현실을 왜곡한 뒤 그 결과물로 파괴라는 물리적 행위를 낳는 것이다. 그 과정이 너무 짧고 단순해 직접 부수는 걸로 보일 뿐이다.

저것이 마법이 나에게 통하지 않는 이유였다.

마법에 의한 현실 왜곡은 이 세계의 당연한 현실이 아니다. 그리고 이계의 인간인 나는 이미 세계의 당연한 현실을 무의식중에 인지하고 있다.

왜곡의 간접적인 결과물인 마법이, 올바른 흐름을 감지하는 내 존재력과 충돌해 자동으로 해제되어 버리는 것이다. 내가 원하든 원하지 않든.

반면 투기는 결과가 직접적이며 시전자 스스로에게 오롯이 귀속된다.

신성력은 권능 자체가 외부, 곧 고차원에서 오는 성질의 힘이다.

그렇기에 저 두 종류의 능력은 내게도 충분히 통용이 되었다.

내가 이 세계에 떨어졌을 때 어째서 알몸이었는지에 대한 이유도 알아냈다.

당시엔 그저 어처구니없는 상황이라고 여겼지만, 알고 보니 이는 세계와 차원의 본질에 닿아 있는 문제였다.

나는 내 자신이, 차원 통로가 생기고 그 속으로 통과해 이 세계로 왔다고 생각했다. 마치 문을 열고 다른 방으로 이동하는 것처럼.

이는 맞기도 하고, 틀리기도 한 해석이었다.

한 세계의 질량이나 에너지, 기운 등의 총량은 이미 정해져 있으며 결코 변할 수 없다. 그러니 테라노어의 물질은 이쪽 세계로 넘어올 수 없다.

극히 미세하긴 해도 양쪽 세계의 총질량이 영원히 변해 버리는 결과를 낳을 테니까.

하지만 나는 분명히 테라노어의 물질로 구성된 인간임에도 이 세계로 넘어왔다.

이는 생명체의 차원 이동은 조금 상황이 다르기 때문이다.

생명 활동을 하는 존재는 성장과 노화, 번식이 가능하기에 세계의 법칙에서 유동성을 보장받는다. 그래서 생명체가 차원을 넘어가게 되면 그 유동적인 생명기의 정보 역시 따라 이동하며 저쪽 세계의 물질로 재구성된다.

아니, 재구성이라는 표현은 옳지 않다.

보다 정확히 말하면, 정보가 곧 물질이며 질량이다.

저 애매한 개념에 대해선 나도 확신을 가지고 있지 못한다. 그저 가설과 계산을 통해 나온 결론이 저것일 뿐이다.

실존하는 질량과 물질이 사실은 개념상으로만 존재하는 정보와 동일하다는 나만의 가설.

그것을 바탕으로, 제한적으로나마 질량과 형태가 변화하는 마검 레테우스를 만들 수 있었다. 혹여 관심이 있는 후인들은 좀 더 연구해 보는 것도 좋을 것이다.

하여튼 저 생명기의 정보가 곧 이 세계에서의 나란 존재를 정립한다.

그렇기에 내가 알몸이 된 것이다. 어디까지나 생명기가 총괄하는 부분인 내 육체의 정보만이 차원을 넘을 수 있으니까.

그러니 혹여 차원을 넘어 물질을 이동시키고 싶다면 생명체의 체내에 넣는 것을 권장한다.

생명체는 체내의 이물질, 예를 들면 먹어치운 음식 역시 생체 활동의 일부로 인식하는 법이다.

그러니 옷이나 장신구 같은 물건은 신체의 정보에 속하지 않겠지만, 배 속에 삼킨 이물질이나 신체에 이식한 물건 등은 동일한 육체의 정보로 인식될 것이라 판단된다…….

*　　　*　　　*

시한이 힐끔 자신의 허리춤을 바라보며 말했다.

"이 레테우스란 마검이 아무래도 디재스터인 것 같지?"

디재스터라는 이름은 제국의 무신급 소드하이어들이 휘둘러 대면서 생긴 일종의 별명이었다. 그것이 세월이 지나며 어느새 정식 명칭으로 굳어진 것이다.

"하기야, 기껏 만든 소중한 칼에 대재앙이라는 이름을 붙이진 않았겠지."

한편 카렌이나 제논은 어지럽다는 표정을 짓고 있었다. 대제의 설명 중 제대로 이해할 수 있는 부분이 거의 없었다.

"뭐가 뭔지 전혀 모르겠네요."

"너무 어렵군요."

성시한이 그럴 줄 알았다는 표정을 지었다.

"마학 쪽에 소양이 없으면 이해하기 힘들 거야. 솔직히 말하면 나도 반 정도밖에 이해하지 못했고."

게다가 마학자들만의 전문용어를 써놓아 더더욱 이해하기 힘들다.

그는 계속 기록을 살폈다.

이어진 내용은 좀 별개의 이야기였다. 루스클란 대제가 어째서 지구에서 한 번도 병에 걸리지 않았는지에 대한 이유가 서술되어 있었다.

대제는 지구에서 쌓은 투기 덕분에 자신이 병마에 시달리지 않는다고 여겼다. 하지만 진실은 달랐다.

설사 그에게 마력이나 투기가 없었다 해도 어차피 병은 걸리지 않았을 것이다. 과거의 성시한처럼.

루스클란 대제는 천 년 전에 이미 질병이 일종의 미세한 생명체가 발하는 생명 활동의 결과물이라는 사실을 깨닫고 있었다.

독은 신체의 조화를 깨뜨리는 물리적, 화학적인 현상이다. 그러니 이계의 존재에게도 통한다.

하지만 질병은 생명체의 활동이고 그것은 이계의 존재에게 통하지 않는다. 세계의 법칙이 금하고 있으므로.

이계의 생명체는 자신의 차원이 아닌 다른 세계에서는 번식할 수 없다. 세계의 총량을 늘리는 행위이니까. 오직 생명체 개인의 존재까지만이 세계의 법칙이 허락하는 유동성, 그 한계선이다.

그래서 대제가 지니고 있던 테라노어의 질병도 지구에 퍼지지 않았고, 그 역시 지구의 질병에 영향을 받지 않았다.

"또한 이것이 내가, 이 세계의 여인을 그토록 취했음에도 한 번도 후손이 생기지 않았던 이유이기도 했다……. 엥?"

시한은 기록을 읽다 말고 얼굴을 붉혔다. 뜬금없이 이런 이야기가 나올 줄이야?

순간 카렌이 실망한 표정을 지었다.

"아, 그럼 시한도 테라노어의 여자와는 아이를 만들 수 없겠군요."

반면 알리타는 성시한을 바라보며 의미심장한 눈웃음을 치고 있었다.

"어머, 씨 없는 수박……."

"아, 아니거든!?"

발끈하며 그는 재빨리 다음 기록을 읽었다.

"물론 마음을 먹는다면 불가능한 일은 아니다. 나는 세계의 법칙을 초월하는 권능, 차원력을 지니고 있다. 그러니 차원력을 의식적으로 끌어올린 상태에서 이 세계의 여인과 관계하면 충분히 법칙을 속여 임신시키는 것이 가능할 것이다. 하지만 그렇게까지 해야 할 정도로 마음을 준 이가 없었기에, 그냥 이론상으로만 정립했을 뿐이다……."

고개를 돌리며 의기양양하게 외친다.

"거봐! 가능하다잖아!"

그리고 바로 얼굴을 붉혔다. 저거 가능한 게 뭐 그리 자랑이라고?

시한이 말을 더듬으며 화제를 돌렸다.

"그, 그래서 다음 내용은 뭐지?"

*　　*　　*

모든 의문이 풀렸다.

이제 더 이상 내게 무지는 남아 있지 않았다. 언제든지 테라노어로 돌아갈 수 있었다.

들뜬 마음으로 이 세계와의 작별을 고하려는 중이었다. 문득 엉뚱한 생각이 들었다.

아까웠다.

이 세계의 기운들이.

테라노어와 맞먹는 방대한 세계의 기운들, 그동안 꾸준히 흡수하긴 했지만 그 양은 여전히 세상 전체와 비교하면 조족지혈일 뿐이다.

이 막대한 힘의 일부를 그대로 테라노어로 옮긴다면? 그리고 시간을 들여 계속해서 내 것으로 만든다면?

대체 얼마나 거대한 권능을 손에 넣을 수 있을 것인가?

모두가 꿈꾸었지만 아무도 이루지 못했던 불로불사를 이룰 수 있을지도 모른다. 아니, 불로불사를 넘어서 영원불멸의 존재로 승화될지도 모른다. 세상의 모든 것을 내 의지하에 놓고, 심지어 법칙 그 자체를 만들어 버릴 수 있을지도 모른다.

나는 진정한 의미의 신이 될 수도 있다!

흥분한 난 곧바로 준비에 착수했다. 언제 어디서든 테라노어로 돌아갈 수 있으니 시간적 여유는 얼마든지 있었다.

2년에 걸쳐 다시 한번 세상을 떠돌았다.

이 세계 각지에는 과거 온갖 신비와 비의에 사용된 거석 유적들이 남아 있었다. 지금은 그 역할을 다하고 돌덩이가 되어 흔적만 남아 있었지만, 내 능력이라면 충분히 그것들을 다시 일깨우는 것이 가능했다.

재각성한 여러 고대 유적들을 엮어 거대한 결계를 만들었다.

세 대륙을 총괄하는 어마어마한 규모의 결계였다. 고대 유적들이 촉매가 되어 이 세계의 기운들을 닥치는 대로 끌어당기기 시작했다.

그렇게 이 세계에 떨어진 지 십 년이 지났다.

사막 한가운데, 산처럼 높게 솟은 거대한 세 개의 피라미드 사이에서 결국 모든 준비를 마쳤다.

차원문을 열었다. 예상했던 대로 세계의 기운이 대륙 간 결계를 통해 흘러오며 테라노어를 향해 맹렬하게 빨려들어 갔다.

나는 통쾌하게 웃었다.

이제 이 세계의 기운은 내 것이다!

…그것이 심각한 착각이었음을 깨닫는 데는 그리 긴 시간

이 필요하지 않았다.

실수였다.

정말이지 크나큰 실수라고밖에는 할 말이 없다.

내가 바란 것은 어디까지나 내가 다룰 수 있을 만큼의 기운일 뿐이다. 이 세계의 모든 기운을 전부 탐하진 않았다. 아무리 나라도 그 정도로 무모하진 못하다.

하지만 일단 기세를 타고 주입된 세계의 기운은 한낱 인간이 다룰 수 있는 수준을 아득히 넘어 있었다.

세계의 기운을 손에 넣기 위해 준비한 기간이 무려 2년이었다. 2년 동안 총력을 기울이고, 과거의 유산들을 닥치는 대로 이용해 겨우 움직일 수 있었다.

그 정도로 방대한 힘을 이제 와서 아무 준비도 없이 다룰 수 있을 리가 없는 것이다.

아무것도 못한 채 나 역시 격류에 휘말려 순식간에 차원 통로로 빨려들어 갔다.

그렇게 십 년 만에 테라노어로 돌아왔다.

돌아온 장소는 지하 깊숙한 곳에 위치한, 숨 쉴 공기조차 없는 동굴이었다. 바로 마법을 써 몸을 보호하지 않았다면 그대로 질식해 죽었을지도 모르겠다.

나는 숨을 헐떡이며 고개를 들었다.

눈앞에 펼쳐진 광경은 참혹했다.

저쪽 세계의 기운이 테라노어로 옮겨지고 있었다. 마치 바다에 구멍이 뚫려 모든 바닷물이 빠지고, 소금 사막이 드러나는 듯한 광경이었다.

그 모든 기운이 테라노어에 귀속되어, 기존의 기운과 충돌해 뒤섞이며 거대한 순환 구조를 만든다.

저 현상이 의미하는 바를 깨닫고 나는 절망에 빠졌다. 이후 어떤 일이 벌어질지 추측하는 것은 어려운 일이 아니었다.

미래가 보였다.

양쪽 세계의 끔찍한 미래가.

단숨에 세계의 기운이 두 배로 늘어난 테라노어는 인간이 살아남기 힘든 생지옥이 될 것이다.

과도한 기운의 영향을 받아 평범한 짐승들은 마수로 변할 것이고, 기존의 환수들도 계속 숫자를 늘려 더 이상 상상 속의 산물이라 할 정도로 희귀한 존재가 아니게 되리라. 창과 칼, 화살과 마법만으로는 감히 상대할 수 없는 가공할 괴물들이 점점 늘어만 가겠지.

반면 기운이 고갈된 저쪽 세계, 그곳에서 살아가던 모든 신비의 종사자들은 힘을 잃게 될 것이다.

신이나 천사 등 이계의 존재의 힘을 빌리던 이들도 기본적으로는 세계의 기운을 이용해 전언을 보내는 방식이다. 그들 역시 더 이상 믿음의 존재와 소통하지 못하게 되리라.

저들 사이에서 전해져 오던 수많은 비의, 마법, 투기며 신앙의 힘. 그 모든 가능성이 사라졌다.

물론 세계의 법칙은 항상성을 띠고 있으니 언젠가 저쪽 세계의 기운도 도로 차오를 것이다.

문제는 그에 필요한 시간이다.

족히 수백 년, 어쩌면 천 년 이상일지도 모른다. 세상의 시간으로 볼 땐 찰나일지도 모르나, 한낱 인간의 기준에선 끔찍할 정도로 기나긴 세월이 걸릴 터였다.

더욱 심각한 문제도 있었다.

막대한 기운을 흡수한 테라노어는 세계의 항상성 유지를 위해, 어떻게든 저 기운을 갈무리해 흐름에 끼워 넣고 있었다.

이미 순환에 속해 버린 저쪽 세계의 기운은 고작 수백 년 정도로 고갈될 성질의 것이 아니었다. 테라노어가 원상 복귀되는 데 걸리는 시간을 계산해 보니 차원이 다른 수치가 나왔다.

최소한 수천 년, 어쩌면 만 년 이상 걸릴지도 모른다…….

*　　　*　　　*

"뭐야? 그럼 이 인간 하나 때문에 지구의 마법이나 뭐, 그런 게 죄다 사라졌다는 소리야?"

성시한은 어이없어 하며 잠시 상상을 해보았다.

정말 천 년 전에 저런 일이 일어났다면 과연 어떻게 되었을까?

'일단 마법의 지식이나 지혜는 단절되었겠군.'

마법은 그것이 실제로 효과가 있어야 마법이다. 그렇지 않으면 단순한 미신이나 속임수일 뿐이다.

'효력이 사라진 과거의 비의는 아무런 가치도 없게 되었을 테고, 천천히 세상에서 사라졌겠지.'

지구의 요괴며 환수종 역시 자연스레 숫자가 줄어들며, 결국 대를 잇지 못하고 멸종했을 것이다. 테라노어의 마수들이 점점 수를 늘린 것과는 정반대로.

'신비를 잃은 지구의 지식인들은 다른 방식으로 힘을 얻으려 했겠지. 인간은 언제나 길을 찾는 법이니까.'

연금술사는 화학자가 되었을 것이고, 마법사는 약사나 의사가 되었겠지. 마법 대신 기술이 그 자리를 대신하고 종국엔 과학이라는 이름의 새로운 힘이 되었을 것이다.

'나침반이며 화약이 발명된 시대가 송나라 때였던가? 얼추 시기는 맞는 것 같은데.'

사회적으로도 격변이 일어났을 것이다.

갑자기 사라진 신의 은총, 그리고 신비의 부재로 인해 사람들은 혼란에 빠지고 원인을 찾아 헤맨다. 그것이 중세 유럽에서 십자군 원정이라는 형태로 나타났을지도 모른다.

'설마 마녀사냥도 관련이 있을지도? 아니, 그건 말이 중세지, 사실은 근세에 일어난 일이니까 안 맞을까?'

동시에 오랜 의문이 풀렸다.

예전에 알리타가 시한에게 물은 적이 있다. 마법을 충분히 쓸 수 있는 지구에서, 어째서 마법이 전혀 발달하지 않았는지를.

이것이 그 이유였다.

천 년 전에 모든 맥이 끊겨 버린 것이다.

물론 성시한은 한국으로 돌아와서도 소모한 마력을 다시 채우는 데 별 어려움을 느끼지 못했다. 그걸 보면 현재의 지구는 일단 원상태로 돌아온 듯하다.

루스클란 대제는 고갈된 지구의 기운이 다시 원상 복귀 되는 데 수백 년이 걸릴 거라 예측했다.

'아마도 17세기나 18세기 사이쯤일 터.'

근대에 들어 지구는 또다시 오컬트며 초능력 붐에 휩싸였다. 2차 대전 때 나치 독일에서 특별 부서를 만들어 초능력이나 마법이 관련된 고대의 정보를 모았다는 이야기도 있다.

대부분 속임수였겠지만, 어쩌면 몇몇은 진짜 마법이었을지도 모른다.

어느 정도 신빙성이 있었기에 과학과 합리의 시대에도 그토록 폭넓게 퍼질 수 있었던 게 아닐까? 이미 과학이 패러다임의 주체로 자리 잡은 후라 여전히 미신 취급을 받고 있긴 하지만.

"이게 사실이라면, 왜 내가 지구로 돌아가서 마법을 써도 딱히 이질적인 느낌을 받지 못했는지가 해명이 되네."

성시한이 테라노어에서 얻은 마력은 이미 지구와 테라노어의 기운이 융합된 후의 결과물이다. 그러니 지구로 돌아온다 한들 딱히 이질감을 느낄 수 없었을 것이다.

'가만? 그럼 한국에서 친구들한테 마법이나 투기술을 가르쳤을 때 걔들이 전혀 감도 못 잡았던 건 뭐지?'

따져보니 이것도 그렇게 이해가 안 갈 이야기는 아니었다.

지구인 중 투기나 마법에 재능이 있는 혈통은 극히 줄었을 것이다. 그런 '쓸모없는' 재능 따윈 수백 년의 생존 경쟁에서 자연스레 도태되었을 테니까.

그러니 성시한의 한국 지인 중 그 정도의 재능을 지닌 이가 있었을 가능성은 극히 희박하다.

어쨌거나 엄청난 이야기였다. 절로 한숨이 나왔다.

"앞뒤는 맞는 것 같지만, 아무리 그래도 그렇지……."

아무리 뛰어난 능력을 지녔다곤 해도, 고작 한 명의 인간이 이토록 엄청난 일을 저지를 수 있다는 것이 도무지 믿어지지 않았다.

시한은 다시 기록으로 눈을 돌렸다.

돌이킬 수 없는 과오를 저지른 루스클란 대제는 깊은 후회와 자기혐오에 빠져 있었다.

*　　　*　　　*

아아, 내가 무슨 짓을 해버린 것이란 말인가…….

후회와 회한 속에서 나는 애써 마음을 다잡았다.

그리고 결심했다.

어떻게든 이 상황을 수습해야 했다. 그것이 이 사태를 일으킨 자가 가져야 할 최소한의 책임이자 의무였다.

그래서 일단 테라노어를 정복하기로 마음먹었다.

*　　　*　　　*

시한은 기록을 읽다 말고 눈을 깜빡거렸다.

"뭔 개소리야, 이건 또?"

참 사고방식 한번 괴상하다.

테라노어로 돌아가지 못할 것 같을 땐 알콩달콩 목가적으로 세계 정복을 하겠다더니, 크나큰 실수를 저지르고 후회막심이라며 한다는 소리가 또 세계 정복이다.

"이 인간은 무슨 세계 정복 못 하고 죽은 독재자 귀신이라도 붙었냐? 뭔 결론이 매번 세계 정복으로 귀결돼?"

성시한은 어처구니가 없어 인상을 썼다.

그런데 마저 읽어 보니, 그게 또 루스클란 대제 딴에는 나름대로의 이유가 있었던 모양이었다.

*　　　*　　　*

저쪽 세계에 대해선 당장 손쓸 도리가 없다. 일단은 내가 망쳐 버린 테라노어의 문제부터 해결해야 한다.

우선, 테라노어의 인류가 더욱 강해질 필요가 있었다. 들끓게 될 환수며 마수들의 준동에 대비해 힘을 키워야 했다.

그러기 위해서 인류는 하나로 통합되어야 한다. 모두가 힘을 합칠 수 있도록 통일된 체제, 통일된 군사력이 필요하다.

제국을 세웠다. 흩어진 왕국들을 규합해 하나의 국가로 만들어 모든 인류의 힘을 통합했다.

나의 제국은 테라노어 대륙의 문명권 대부분을 차지하고 있다. 남쪽의 암흑 대륙, 동쪽의 미개한 지역이 남아 있긴 하지만, 그곳은 인간의 수가 극히 적다. 거기까지 신경 쓸 필요는 없으리라.

생지옥이 된 테라노어에서 그럭저럭 인류가 살아남을 발판을 마련했다.

이제 인류가 더욱 발전할 기틀을 잡을 차례다.

마법에서 그 실마리를 찾았다.

인류의 마법 수준을 끌어올리기 위해 대륙의 모든 지식과 지혜를 모으고 정리했다. 그리고 저쪽 세계에서 얻은 신비와 비의 역시 추가했다. 아무리 재능이 떨어지는 이라도 충분히 사용할 수 있도록, 보다 보편적이고 범용적인 마법학 체계를 설립했다.

이를 쉽게 가르치기 위해 적백청흑의 상아탑을 세웠다.

마법에 뜻이 있는 이라면 4대 상아탑을 찾아 쉽게 지식과 지혜를 얻을 수 있게 만들었다. 또한 마법의 위력과 난이도를 분류해 각층에 나눠놓았다. 이로써 과욕으로 몸을 망치는 일도 줄일 수 있게 했다.

이걸로 난 테라노어의 마법학이 크게 발전할 것이라 여겼다. 마기언의 숫자도 크게 늘고, 그 수준 역시 대폭 올라갈 것이라 생각했다.

오산이었다.

인간은 내가 상상했던 것보다 더욱 멍청했다.

기껏 위대한 지식과 지혜를 가르쳐도 제대로 익힐 수 있는 이들이 너무 적었다. 밥상 다 차려놓고 떠먹기만 하면 되는데, 수저를 쓸 줄 몰라 쫄쫄 굶고 있는 형국이었다.

나는 이 어리석은 인류를 위해서 더욱 수준을 낮춰야 한다는 걸 알았다.

그래서 수저를 만들어주었다.

스펠북 개념을 창안해 마법에 도입한 것이다. 자기 머리로는 다섯 수레의 서적조차 못 외우는 바보들이라도, 스펠북을 사용하면 충분히 마법을 쓸 수 있을 것이라 여겼다.

이럴 수가!

이마저도 오산이었다.

인간들은 멍청한 것으로 모자라 둔하기까지 했다.

기껏 스펠북 마법을 만들어줘도, 그 마법을 쓸 줄조차 몰랐다. 스펠북 생성을 위한 최소한의 마력 제어조차도 제대로 하는 이가 너무 적었다.

나는 한숨을 쉬며 한 번 더 눈높이를 맞춰주기로 했다.

4대 상아탑에 술식을 짜 넣어 대륙 전체를 아우르는 보조 장치, 스펠북 시스템을 만들었다. 일단 마법에 입문만 하면 아무리 본인이 마력을 제어하지 못해도 저절로 스펠북을 생성시킬 수 있게 했다.

그렇게 계속하다 보면 최소한 스펠북의 마력 정도는 제어하게 될 것이다. 나중에는 보조 장치 없이도 충분히 스펠북을 구사할 수 있겠지. 걷지 못하는 아이를 위해 보행기를 만들어준 셈이다.

여기까지 해놓으니, 겨우 마법을 쓸 수 있는 이들의 숫자가 늘어났다.

*　　　*　　　*

성시한과 알리타는 서로를 바라보았다.

"생각해 보니 나, 스펠북 생성만큼은 그리 어렵지 않았어."

"저도요, 시한."

마력 제어가 안 되어 그 고생을 하는 알리타조차도 정작 스펠북 생성에 필요한 마력 제어는 힘들어하지 않았다. 과거의 성시한 역시 마찬가지였다.

워낙 기초적인 마법이라 무심코 넘어갔는데, 앞뒤를 따져보면 말이 안 되는 일인 것이다.

"그 이유가 이것이었나?"

그 외에도 두 사람이 루스클란 대제의 신세를 진 부분은 또 있었다.

갑작스럽게 늘어난 테라노어의 기운 덕분에 마기언의 숫자가 늘었다. 그리고 기존의 마기언들 역시 마력이 점점 증폭되어 갔다.

그로 인해 문제가 생겼다.

원래부터 상위의 마기언이었던 이들이, 늘어난 마력을 감당하지 못해 폭주하는 경우가 잦아진 것이다.

그래서 대제는 섬광계 마법을 개조해 세상에 배포했다. 폭주를 역으로 이용해 실용적인 파괴력도 얻고, 마력 제어의 실마리로도 삼는 단순 무식 한 마법이었다.

과거 성시한이 써먹었고, 지금도 알리타가 애용하는 아케인 계열 마법.

이 역시 과거 루스클란 대제가 마력 제어로 고민하는 이들을 위해 남긴 유산이었다.

"정말 대단한 사람이네요."

알리타는 혀를 내둘렀다. 천 년 전의 인간에 의해 지금의 그녀까지 영향을 받았으니 굉장한 일이었다.

"그렇다고 존경할 마음 따윈 들지 않지만."

성시한이 코웃음을 쳤다.

"어쩌고저쩌고 말은 많은데, 이 인간은 그냥 처음부터 세계를 정복하고 싶었던 거야. 거기에 온갖 핑계를 댔을 뿐이지."

그는 비웃으며 남은 기록을 살펴보았다.

* * *

마법 수준이 올라가며 마수들의 준동을 막을 토대가 마련되었다. 그리고 기대치 않았던 또 다른 행운도 있었다.

테라노어의 소드하이어들의 수준 역시 마기언처럼 크게 오르고 있었다.

생각해 보면 당연한 일이었다.

세계의 기운이 방대해져 마기언의 마력이 크게 늘어났으니, 소드하이어의 투기 역시 함께 강해질 수밖에 없다. 내가 소드하이어가 아니다 보니 미처 생각지 못했을 뿐이다.

테라노어로 돌아온 나는 엄청난 양의 투기 역시 지니게 되었다. 테라노어 최강의 소드하이어조차도 나와 비교하면 미천할 정도로 어마어마한 투기량이다.

나는 생각했다.

어쩌면 마기언뿐 아니라 소드하이어들에게도 뭔가 남길 수 있지 않을까?

그래서 크론 리자테를 섬기는 달의 신전을 찾았다.

달의 신전엔 테라노어 최강의 프레이어, 플래티넘 나이트 이스탈론이 속해 있었다. 그를 만나 무술이며 투기를 다루는 법에 대한 실마리를 얻으려 했다.

투기술과 프레이어의 신성격투술은 궤가 좀 다르지만, 적어도 초월적인 기운을 다룬다는 점에선 비슷하다. 그러니 단서를 얻을 수 있으리라 여겼다.

그리고 깨달았다.

나는 몸치였다…….

한동안 노력했지만 기초조차도 벗어나지 못했다. 투기야 남아돌지만, 그 남아도는 투기를 운용하는 재능이 치명적으로 없었다. 이스탈론 경은 내 암울하기까지 한 운동신경과 전투감각 앞에 백기를 들고 포기해 버렸다.

덕분에 좋은 교훈을 얻었다.

하던 거나 잘하자.

어차피 마법 쪽에도 할 일은 많이 남아 있었다. 인류의 힘을 끌어올리는 데는 성공했지만, 내가 저지른 사태에 대한 후속 조치도 꾀해야 했다.

제국을 세우고 좀 여유가 생긴 뒤의 일이다.

나는 종종 저쪽 세계로 향하는 차원문을 열어보곤 했다.

테라노어야 어떻게든 수습할 수 있었지만, 저쪽 세계가 어떤 일을 당했는지는 전혀 알 수 없었다. 그쪽 역시 내 책임이니 가능하다면 수습할 방도를 찾고 싶었다.

하지만 내가 다시 저쪽 세계로 돌아가는 것은 불가능했다.

테라노어와 저쪽 세상은 일종의 형제 세계다. 흡사하기 그지없는 이 두 세계는 차원적으로 볼 땐 찰싹 붙어 있는 것이나 다름없다.

거대한 차원 우주를 하나의 마을로 치자면, 바로 옆집인 셈이다. 그렇기에 내가 빠졌던 그 차원의 균열도 우연히 열릴 수 있었다. 워낙 가까웠으니까.

그럼에도 두 세계 사이엔 아득할 정도의 거리와 무한에 가까운 허차원들이 존재한다.

인간 기준에서 옆집을 가는 것은 그냥 몇 걸음 옮기는 것일 뿐이다. 하지만 미약한 벌레에게는, 그 집과 집 사이에 광활한 대지와 산맥, 숲과 강이 펼쳐져 있는 것으로 느껴질 것이다.

테라노어와 저쪽 세계는, 인간의 의식으로 느낄 땐 아득히 머나먼 거리라서 도저히 의도적으로 공간 좌표를 찾을 방법이 없는 것이다.

몇 번이나 차원문을 열고 또 열었지만 죄다 정체불명의 허차원으로 연결될 뿐이었다. 테라노어나 저쪽 세계처럼 안정되지 않은, 세계의 정보가 정립되지 않아 온갖 기괴한 마물들이 들끓는 세상이었다.

그래도 건진 것이 없진 않았다.

덕분에 이계 마물 소환술을 만들 수 있었으니까.

내 차원력의 권능은 혈통을 통해 후세에게도 전해진다. 차원력을 지닌 내 후손이라면 이계 마물 소환술을 쉽게 터득할 수 있을 것이다. 그들이라면 충분히 테라노어를 지키는 수호자가 될 수 있겠지.

다만 저 허차원을 드나든다고 초감각이 생기지는 않는 듯했다.

저 감각은 세계의 정보가 안정적인 테라노어, 혹은 저쪽 세계에 도착했을 때나 생기는 것이다. 허차원의 불안정한 기운으론 동일한 효과가 나오지 않는다.

그러니 허차원의 마물이 테라노어로 올 때는 충분히 강력해지겠지만, 테라노어인이 허차원으로 떨어진다 해도 나와 같은 능력을 얻지는 못하리라.

내가 자의적으로 저쪽 세계로 돌아갈 방법은 막혀 버렸다.

남은 방법은 하나뿐이다.

이 모든 사태를 일으킨, 내가 돌아올 때 사용한 테라노어와 저쪽 세계를 연결한 차원 균열.

그 차원 균열은 일단 닫힌 상태였다. 하지만 그것은 상처가 아문 것에 가깝다. 완전히 균열이 소멸했다고는 볼 수 없다.

미약한 연결은 남았다. 그리고 그 연결은 여전히 저쪽 세계와 이어져 있었다.

하지만 그 차원의 균열을 통해 저쪽 세계로 향할 수는 없다. 한 번 세상을 뒤엎은 그 균열이 재차 열릴 때 어떤 사태가 일어날지 모른다.

그런 사태만은 기필코 막아야 했다.

그래서 이 지하 시설, '왕의 심장'을 만들었다.

이곳을 찾은 후인들은 어째서 왕의 심장이 이토록 지하 깊숙이 위치하고 있는지 의아해할 것이다. 지상에도 넓은 땅이 많은데 왜 굳이 막대한 예산과 시간, 노력을 들여 백성들에게 과시하지도 못할 쓸데없는 건축물을 만들었는지 이해가 안 갈 것이다.

나라고 이런 어리석은 짓을 하고 싶었겠느냐?

저쪽 세계의 기운이 흘러들어 오던 차원의 통로가 열린 곳이 하필 지저 2km의 땅속이었기에 어쩔 수 없이 이런 대공사를 벌일 수밖에 없었다.

왕의 심장을 이용해 대규모의 결계를 짜고 균열이 다시 열리는 걸 막았다.

그렇게 어떻게든 나름대로 수습을 했다. 내가 할 수 있는 조치는 다 취했다.

물론 저쪽 세계에 대해선 아무것도 못 했지만, 어차피 나는 한낱 인간일 뿐이고 내 손이 닿는 범위는 극히 제한적이다. 능력 밖의 일이라면 아쉽지만 포기할 수밖에.

실로 바쁜 나날이었다. 충실한 나날이기도 했다.

의도와 달리 나는 신이 되지 못했다. 하지만 영원불멸한 존재가 되지는 못한다 하더라도, 영원불멸의 이름을 남긴다면 그 역시 의미 있는 행위가 아니겠는가?

이제 내게 남은 근심 걱정은 하나뿐이다.

왕의 심장. 저쪽 세계와 테라노어를 이은 차원 균열의 정보가 남아 있는 곳.

내가 죽고 나서 이 균열이 다시 열리게 될지도 모른다. 또 다시 미증유의 재앙이 두 세계를 덮칠지도 모른다.

그래서 제위를 차지한 이들에게 이곳의 관리 의무를 대대로 이어가게 할 셈이다. 아마도 지금 이 기록을 보는 후손들이라면 그 의무를 짊어졌을 터.

나의 비의를 터득한 자라면 다시 저쪽 세계에 손을 뻗을 수 있을지도 모른다. 그러나 결코 그런 과오를 범하지 말라.

세계의 기운이 문제가 아니다. 그보다 더 두렵고 심각한 일이 생길 수 있다.

명심하라.

나는 평범한 인간이었다.

내가 이런 힘을 얻은 것은 어디까지나 두 세계를 넘나들었기 때문이다. 내가 처음부터 대단한 존재였기에 두 세계의 운명을 좌지우지한 것이 아니다.

이 균열을 통해 나는, 내 의지와 상관없이 테라노어로 돌아왔다.

이는 곧 차원 균열이 다시 열리게 되면 저쪽 세계의 인간이 테라노어로 흘러들어 올지도 모른다는 의미도 된다.

테라노어를 찾은 이계의 인간은 나와 같은 초인이 될 것이다.

테라노어의 그 누구도 그를 당하지 못하리라. 세계의 운명이 그의 손에 좌우되리라.

그러니 반드시 왕의 심장을 지켜야 한다. 결코 왕의 심장이 기능을 잃게 놔두어선 안 된다.

후손들이여.

다시 한번 명심하고, 또 명심하라.

왕의 심장이 불타 사라질 때, 현세의 운명을 초월한 존재가 이 땅에 강림하리라.

*　　　*　　　*

성시한과 카렌은 서로를 바라보며 어이없어 했다.

마지막 문장이 참 낯익다.

"…이거, 지구인 부르지 말라는 경고문이었어?"

"그걸 가지고 광제는 그 난리를 치면서 시한을 소환한 거였어요?"

심지어 왕의 심장이 진짜 루스클란 혈족의 심장을 의미하지도 않았다.

"그런데 잘도 황족의 심장을 불태워서 소환을 성공시켰네?"

카렌이 황당해하는 시한을 향해 조용히 대꾸했다.

"아무리 엉뚱한 해석이라도 수백 년쯤 매달리면 어느 정도 결과가 나오는 법이니까요."

루스클란 대제의 기록은 거기서 끝나 있었다. 내용상으론 좀 더 있는 듯했지만, 아쉽게도 릴스타인이 검색한 부분이 딱 여기까지인 것이다.

"뒷부분을 더 볼 방법이 없을까?"

성시한이 고민하며 데스크를 만져보았지만 성과는 없었다. 릴스타인의 마력 흔적 없이 이 수정탑을 가동하는 건 그의 수준으론 어림도 없는 일이었다.

"할 수 없군."

시한은 아쉬움 속에서 손을 뗐다. 그리고 혀를 찼다.

"아주 그냥 온갖 짓을 다 저질렀네, 이 초대 황제라는 인간."

단 한 사람이 두 세계에 얼마나 큰 영향을 끼쳤는지 상상하기도 어려울 지경이다. 제논과 디나도 동감이라는 얼굴이었다.

반면 알리타는 애매한 표정을 짓고 있었다.

분명히 놀라운 역사적 사실이고, 많은 호기심을 충족하기도 했지만…….

"딱히 릴스타인의 약점이라 할 만한 건 안 보이는데요?"

저 기록에, 정작 릴스타인의 지구인 소환에 대한 내용은 전혀 없는 것이다.

"지적 욕구를 충족했다는 만족감을 빼면 실리적으로는 건진 게 없잖아요?"

"꼭 그런 것만도 아니에요, 알리타."

카렌이 그녀를 돌아보며 웃었다.

"분명 굉장한 걸 얻었어요. 단지 아직 용도를 모를 뿐이지요."

시한도 비슷한 반응이었다.

"나중에라도 릴스타인과 연결되는 부분을 찾을 수 있을지도 모르니까."

혁명전쟁을 겪은 두 사람은 알고 있는 것이다. 전혀 상관없어 보이는 정보들이 모이고 모여, 결국은 승리의 밑거름이 된다는 것을.

성시한이 몸을 일으켰다.

"일단 다른 곳도 뒤져보자."

*　　　*　　　*

시한 일행은 수정탑이 위치한 공간을 떠나 반대편 통로로 향했다.

몇몇 공간이 더 나왔지만 그곳엔 딱히 눈여겨볼 만한 곳은 없었다. 사이즈나 형태가 실질적인 거주 공간으로 보였고, 유별난 마력 응집이 느껴지지도 않았다.

그리고 결국 레비나가 자료에 언급했던 그 장소를 찾았다.

높이 10여 미터의 돔 형태 지붕을 지닌 너비 30여 미터의 원형 공간이었다. 천장에 매달린 수많은 마법의 등불도 보였다.

틀림없었다.

레비나가 수정체에 봉인된 수많은 지구인들을 발견했다는 바로 그 장소였다.

그럼에도 시한 일행은 주위를 둘러보며 멍한 표정을 지어야만 했다.

"이게 어떻게 된 거죠?"

카렌의 의문에 제논이 황소 같은 눈을 껌뻑였다.

"그러게 말입니다. 여기가 맞는 것 같은데……."

수많은 수정체는 없었다.

그 속에 갇혀 있어야 할 수많은 지구인들도 없었다.

잔뜩 얽혀 있었다던 기괴한 구조물들 역시 보이지 않았다.

성시한이 얼빠진 목소리로 중얼거렸다.

"…아무것도 없잖아?"

그 공간은 텅 비어 있었다.

Chapter 4

4대 상아탑

시한 일행은 유적 여기저기를 더 뒤져보았다. 하지만 별 성과는 없었다.

지구인도 없고, 별달리 눈에 띄는 시설물도 없다. 처음 진입했던 그 수정탑이 위치한 공간을 제외하곤 딱히 독특한 마력 흐름이 느껴지지도 않는다.

릴스타인이 사용했다는 그 공간 포털도 보이지 않았다. 잘 숨겨져 있어 못 알아챈 것인지, 아니면 릴스타인이 제거해 버렸는지는 모르겠다. 어쨌거나 시한 입장에선 존재치 않는 것이나 다름없었다.

성시한은 더 이상 건질 것이 없자 라텐베르크 왕국으로 귀환했다. 카렌은 다시 이나시우스 교국으로 향했고, 제논과 알리타, 디나 등도 일상으로 돌아갔다.

그러는 동안에도 대륙의 정세는 여전히 흔들리고 있었다.

*　　　*　　　*

현재 아칸트리아 자치령이 된 구 팔로스 왕국의 남부.

초여름의 신록이 펼쳐진 숲속에서 두 무리의 군세가 맹렬한 전투를 벌이고 있었다.

가슴에 두 자루의 단검이 교차한 문장을 단 수십 명의 기사가 창칼을 휘두른다. 과거 팔로스의 군주였던 레비나 여왕의 문장이다.

이들을 이끄는 수려한 외모의 흑발 청년, 퀸즈 나이츠의 부단장이었던 하이어 라이첼은 피 섞인 고함을 터뜨렸다.

"죽음을 두려워 마라! 신성한 복수를 행하라!"

"여왕 폐하를 위하여!"

기사들은 일제히 대꾸하며 죽음을 향한 행로를 이었다. 푸른 갑옷을 걸친 기사단이 그들을 가로막았다.

이계구원자 직속의 창천기사단이었다.

온갖 무장을 대충 주워 입던 예전과 달리, 현재의 창천기사단은 지원이 참으로 빵빵하다. 다들 근사한 푸른 갑옷을 통일해 입고 검과 방패 역시 최고급으로 지급받은 상태다.

전황은 순식간에 창천기사단의 우세로 기울었다. 레비나의 잔당들이 숲 여기저기서 피를 뿌리며 쓰러져 갔다.

그럼에도 그들은 물러서지 않았다.

"폐, 폐하!"

기사 한 명이 죽은 레비나를 외치며 절명한다. 찌른 칼을 뽑아 들면 창천기사 한 명이 치를 떨었다.

"으, 독한 인간들! 죽은 사람 때문에 목숨을 버릴 셈인가?"

다른 창천기사 하나가 이해한다는 듯 고개를 끄덕였다.

"그런데 우리도 시한 대장을 잃으면 이럴걸?"

"하긴 그렇지?"

비록 적이긴 하지만, 스스로 세운 맹세의 검을 꺾지 않은 훌륭한 기사들이다.

창천기사단은 진지한 태도로 경의를 표하며 하이첼의 퀸즈 나이츠를 밀어붙였다. 우드로우와 비렛타가 이들을 지휘하며 소리쳤다.

"가라! 이번에야말로 확실하게 마무리 지어라!"

숲 반대쪽에선 에세드와 실피스가 지휘하는 창천기사단이 또 다른 적들을 상대하고 있었다.

하이첼의 저항 세력에는 퀸즈 나이츠의 잔당만 낀 것이 아니었다. 구 팔로스 왕국의 귀족 세력도 포함되어 있었다.

흑색 양의 문장과 붉은 뱀의 문장을 앞세운 두 무리의 기사단이 살기를 피우며 돌진해 온다.

"으아아!"

"레비나 여왕 폐하를 위하여!"

우드로우 측과 달리, 에세드가 지휘하는 창천기사단은 저들에게 눈곱만큼의 경의도 보이지 않았다. 그저 경멸만을 표할 뿐이다.

"흥!"

"지들이 언제부터 그렇게 충신이었다고 저런 소리를 하는 거야?"

"박쥐 같은 놈들!"

저들은 루스클란 육호장의 후예, 트리아스트와 카니반 가문의 잔당인 것이다.

과거 제국의 개가 되어 온갖 악행을 저질렀던 육호장의 가문 중 오브겔과 엔타스는 창천기사단에 의해 멸문했다. 그리고 남은 네 가문은 제국을 버리고 새로운 주인을 찾았다.

센트레인 가문은 사파란 밑으로, 트리아스트와 카니반은 레비나 휘하로 향했고, 드로탄 가문은 테오란트의 수하가 되었다.

레비나 밑에서 떵떵거리면서 살던 트리아스트와 카니반 가문은 팔로스 왕국이 멸망하자 바로 몸을 피했다. 성시한이나 카렌이 저들을 용서할 리 없는 것이다.

그렇다고 타국으로 가자니 대부분 이계구원자의 입김이 닿는 곳이고, 유일한 예외인 릴스타인 역시 제국의 잔당들에게 가혹하기로 유명하다.

어쩔 수 없이 하이어 라이첼과 손잡고 저항 세력이 되었다. 사파란 왕국의 센트레인 가문과 비슷한 처지가 된 셈이다.

사파란이 죽은 뒤 센트레인 가문은 비굴하게 고개를 숙이고 릴스타인에게 충성을 맹세했다. 하지만 릴스타인은 저들의 충성을 받아들이지 않았다.

울며 겨자 먹기로 센트레인 가문은 사파란 왕국의 저항 세력과 손을 잡았다. 그리고 이후 성시한에 의해 전황이 바뀌며 다시 양지로 나왔다.

그러나 기껏 승자의 편에 섰어도 센트레인 가문의 처지는 그리 좋지 않았다.

일단은 공이 있으니 성시한도 저들을 처벌까진 하지 않았다. 대신 철저하게 찬밥 신세로 만들었다.

지닌 모든 병력을 빼앗고 땅과 재산 대부분도 몰수했다. 현재 센트레인 가문은 명맥조차 유지하기 힘들 정도로 몰락한 상태였다.

여기서 성시한에게 항복하면 트리아스트와 카니반 가문도

같은 꼴이 되리라. 아니, 그나마의 공조차 없으니 더더욱 비참해지겠지.

레비나에 대한 충성심이 높든 말든 이 두 가문에겐 선택지가 없는 것이다.

"젠장! 어쩌다 이렇게 되어버린 거지?"

카니반 가문을 이끄는 사십 대의 중년인, 자크 가주는 치를 떨었다.

"평생 열심히 주어진 운명대로 살았을 뿐인데! 무엇 하나 잘못한 게 없는데 왜 우리가 이런 꼴을 당해야 한단 말인가!"

에세드는 코웃음을 쳤다.

"잘못한 게 없다고? 정말 네놈들은 변한 게 없군."

청회색 투기강이 선명한 빛을 발했다. 차가운 외침과 함께 섬광이 번뜩였다.

"과거의 죄를 갚을 시간이다! 카니반!"

고작해야 기사급인 자크 가주가 초인급의 투기강을 막을 수 있을 리가 없다. 외마디 비명과 함께 목이 허공으로 날았다.

"컥!"

에세드는 우두머리의 목을 벤 뒤 상황을 살폈다.

다른 제국의 잔당들 역시 빠른 속도로 무너지고 있었다. 상황이 정리되는 데는 그리 오랜 시간이 걸리지 않았다.

항복한 자들을 포박하고 있는데, 우드로우 쪽에서 전령이 왔다.

"에세드 부대장!"

"보고해."

"우드로우 부대장이 하이어 라이첼의 목을 베었습니다. 나머지도 모두 항복했습니다."

이걸로 팔로스의 잔당 대부분을 처리했다. 적어도 저항 세력이라 불릴 만큼 큰 규모의 병력은 더 이상 남지 않았다.

"끝났군."

에세드는 라텐베르크 왕국에 있을 성시한을 떠올리며 미소를 지었다.

"승전보를 들고 대장에게 돌아갈 수 있겠어."

*　　　*　　　*

하이어 라이첼의 죽음으로 아칸트리아 자치령은 일단 안정되었다. 하지만 사국동맹은 여전히 릴스타인 왕국을 도모할 상황이 아니었다.

성시한 앞에 선 켈테론이 한숨을 내쉬며 그 이유를 입에 담았다.

"다들 예산이 없습니다……."

전쟁에서 패배했으며 내전까지 겪은 아칸트리아 자치령의 재정이 피폐해진 것은 당연한 일이다. 하지만 승전국이라고 딱히 상황이 좋지도 않았다.

에란트 1세의 테오란트 왕국도, 브렌탈 국왕의 사파란 왕국도 나라꼴이 말이 아니었다. 양국 모두 삐걱대는 재정을 어떻게든 수습하려고 진땀을 흘리고 있었다.

"그렇게 사정이 힘든가?"

당황한 시한의 질문에 켈테론은 고개를 끄덕였다.

"전쟁이 너무 잦았으니까 말입니다."

에란트 1세나 브렌탈이 왕좌에 오른 뒤 타락했다는 소리는 아니었다. 저 두 사람은 분명 사치나 향락을 멀리하고, 충신들의 간언을 귀 기울여 들으며, 선정을 베풀기 위해 노력하고 있었다.

그냥 이 시대, 현 테라노어의 문명 수준에서는 아무리 선정을 베풀어 봐야 그 한계선이 명확한 것이다.

폭군이 다스리면 매년 흉년이 오고 논밭이 메마르는가?

성군이 다스리면 매년 풍작에 곳간이 미어터지는가?

하늘이 국왕의 인품을 보고 비 내릴지 말지 결정하는 게 아니다. 누가 다스리든 밀밭 1에이커에서 나오는 소출의 양은 별 차이가 없다.

어디까지나 그 소출을 어떻게 관리하고 재분배할지, 중간 관리들을 얼마나 청렴하게 유지하고 유통 과정을 투명하게 만들며 쓸데없는 낭비를 줄일 수 있을지 등에서 성군과 폭군이 갈리는 법인데…….

"전쟁은 저 모든 걸 무의미하게 만들지요."

정말 선정을 베풀고 싶으면 애당초 전쟁을 해서는 안 된다. 전쟁 준비를 하는 시점에서 이미 어지간한 폭군 이상으로 예산을 잡아먹고 백성들의 고혈을 빨아먹게 된다.

몇 번이나 군사를 일으킨 사국동맹의 재정은 이미 파탄 난 지 오래였다.

"민심도 흔들리고 있습니다."

처음엔 새로운 국왕에게 환호를 보냈던 백성들이었다. 하지만 전쟁이 길어지자 태도가 바뀌어갔다.

차라리 옛날이 나았다.

과연 혁명 6영웅이었다.

그들의 뒤를 이은 왕들은 예전만 못하다.

"그리고……."

켈테론이 성시한의 눈치를 보며 조심스레 말을 이었다.

"이계구원자의 평판 역시 점점 안 좋아지고 있어서……."

"그야 그렇겠지, 이제까지 지나치게 평가가 높았으니까."

추억은 미화되는 법이라는 말이 있다. 거꾸로 말하면, 추억이 현실이 되면 미화가 사라진다는 소리도 된다.

이계구원자 성시한의 명성은 십 년이 지나도록 드높기만 했다. 혁명 6영웅과 달리 그는 지난 십 년간 명성을 깎아먹을 행위를 전혀 하지 않았으니까.

하지만 이제 테라노어 전체가 혼란에 빠졌고, 그 상징이 바로 성시한이다. 릴스타인이 일으킨 혼란임에도 불구하고 사람들은 이계구원자의 귀환이 그 원인이라 여긴다. 드높던 명성이 거꾸로 발목을 잡은 격이랄까?

시한이 억울하다는 듯 투덜거렸다.

"아니, 우리가 뭐 전쟁을 하고 싶어서 하나? 릴스타인이 먼저 쳐들어온 건데."

한국에서 그가 구상한 원래의 복수 계획은 개인적으로 옛 친구들을 찾아다니며 기회를 엿보는 것이었다. 이렇게 대규모 전쟁을 일으킬 생각은 없었다.

어쩌다 보니 상황이 너무 커져 버려 물러설 수 없게 되었을 뿐이지.

"물론 그렇지요. 하지만 민심은 그런 사정까지 헤아려 주지 않습니다."

켈테론이 흥분한 시한을 달래며 조용히 말을 이었다.

"예전에는 헤아려 줬지만 자기 배가 고파지니 도로 생각이 짧아졌다는 쪽이 진실이겠지요. 원래 백성이란 그런 존재니까요."

솔직히 말하면, 백성들의 불만도 일리는 있었다.

"사파란이나 테오란트, 레비나가 다스리던 시절보다 살기 어려워진 건 사실이기도 하고요."

저 세 사람이 딱히 성군이라 할 만한 통치를 베푼 것은 아니다. 하지만 그렇다고 폭군이라 불릴 정도도 아니었다.

사파란이나 레비나는 사치와 향락을 충분히 즐겼지만 그래도 나라가 망할 지경까지 가진 않았고, 종종 백성을 위한 정책도 내세우곤 했다.

테오란트의 경우엔 왕이 된 후에도 사치와는 인연이 없었다. 그저 군주로서 무능해 통치력 자체가 뒤떨어졌을 뿐이다. 덕분에 그럭저럭 균형이 맞았다.

저들의 통치하에서 누군가는 살 만하다고 느꼈고, 누군가는 힘겨워했다. 힘겨워하는 숫자가 좀 더 많긴 했지만 그래도 다들 평균적으로 무난한 국왕이었다.

"분명히 에란트 폐하나 브렌탈 폐하는 뛰어난 군주입니다. 하지만 전쟁을 준비해야 하는 시점에서는 뭔 수를 써도 저들보다 절약하는 건 불가능하지요."

현재 그나마 안정적으로 돌아가는 건 이나시우스 교국뿐이었다.

처음부터 대륙 2강에 속할 정도의 국력과 경제력을 지니고 있었고, 혁명 영웅 카렌 이나시우스라는 정신적 구심점 역시 굳건했다. 덕분에 교국 쪽은 큰 문제가 없었다.

"좀 웃긴 이야기지만… 우리나라도 별문제는 없지요."

"엥? 라텐베르크 왕국은 재정이 괜찮은 편인가?"

"아뇨, 우리도 파탄 난 건 마찬가지인데……."

테오란트보다 통치도 못하던 주제에, 사파란이나 레비나보다 더한 사치와 향락을 즐기던 인간이 젝센가드였다. 워낙 예전이 엉망진창이다 보니 전쟁으로 국고가 동난 지금조차도 그 시절에 비하면 그럭저럭 살 만한 것이다.

"상대평가란 게 참 무섭구만."

시한은 실소하며 고개를 저었다.

하여튼 골치 아픈 문제였다.

릴스타인의 크림슨 나이츠는 시간이 주어지면 주어질수록 더욱 강해진다. 시간을 끌면 불리한 것은 성시한 쪽이다.

"릴스타인 왕국은 재정적으로 별문제가 없나? 사실 전쟁은 그쪽이 제일 많이 했잖아?"

"거기도 대륙 2강이었으니까요. 그리고 릴스타인은 군주로만 보면 성군에 속하는 편입니다."

합리적인 조세 제도와 유통 구조 확립, 청렴한 관리 체제 구축. 거기에다 릴스타인 개인도 사치와 향락을 멀리하며 본보기를 보였고, 휘하 신하들 역시 대부분 비슷한 성향이었다.

개인의 마법 연구에 상당한 돈이 들긴 했지만 릴스타인은 그 예산을 국고에서 빼내 쓰지 않았다. 대신 적색 상아탑을 이용해 왕실 상단을 꾸려 충당했다. 그는 자신의 마법 지식이 돈이 된다는 걸 일찌감치 깨닫고 있었다.

이것이 릴스타인이 비밀주의를 고수해도 신하들이 감히 대들지 못하는 이유였다.

세금에서 자유롭다 보니 상대적으로 권력도 강해진다.

"그리고 주력인 크림슨 나이츠가… 너무 단가가 싸다는 것도 이유겠지요."

초인급 소드하이어를 찍어낼 수 있다는 건 단순히 전력을 높인다 정도가 아니다. 가격 대 성능비가 무시무시하게 좋은 것이다.

"재정 쪽은 꽤 넉넉할 거라 예상됩니다만……."

"그럼 민심은? 아무리 그래도 전쟁을 일으킨 건 저쪽이잖아?"

"그쪽도 별 기대는 못 할 겁니다. 사실 릴스타인은 백성들을 꽤나 아끼는 편이거든요. 어디까지나 자기 왕국 백성들은."

카곤 시티의 대학살도, 전쟁으로 인한 무수한 죽음도 릴스타인 왕국민 입장에선 그저 딴 나라 사람들의 일이다. 오히려 위대한 승리의 증거일 뿐이겠지.

"지구인의 목숨을 벌레처럼 여기는 것도 별 단점이 되지 못하고요."

세상이 아는 크림슨 나이츠는 그저 릴스타인이 비밀리에 키운 일종의 특수부대다. 특수부대원이 전쟁에 나가서 죽었다는 게 딱히 욕할 일은 아니잖아?

"그리고 설사 지구인의 정체가 알려진다 해도 타격은 없을 겁니다."

'상관없는' 소수의 이계인을 이용해 '소중한' 릴스타인 왕국민들이 죽어갈 상황을 줄이며 큰 승리를 얻었다. 도덕적 결함이 될 테니 대놓고 옹호하진 못하겠지만 비난의 목소리도 그리 크진 않을 것이다.

"상황이 이리되니 슬슬 릴스타인 왕국의 귀족들도 다시 마음을 돌리는 것 같습니다."

팔로스 왕국이 무너지고 릴스타인이 대륙 내에서 고립되면, 상황을 지켜보던 귀족들이 이계구원자에게 붙을 것이다.

이것이 사국동맹의 예상이었다.

하지만 현실은 달랐다.

잦은 전쟁으로 궁핍해진 사국동맹에 비해 오히려 릴스타인 왕국은 국력을 온전히 보존하고 있는 것이다.

그리고 그동안 릴스타인이 소모한 주력은 대부분 크림슨 나이츠였다. 패한 전투에서도 일반 병사나 기사들의 사망률은 높지 않았다.

부하의 생명을 소중히 여기는 군주에게 충성을 바치지 않을 이가 얼마나 될까?

오히려 릴스타인이 고립되었기에 더더욱 마음이 쏠리게 된다. 주군의 위기를 이용하는 비열한 자가 된 기분일 테니까.

"으음."

성시한은 신음하며 이마를 짚었다.

여러모로 상황은 좋지 않게 흐른다.

사국동맹은 바닥난 재정과 멀어진 민심에 허덕이는데, 릴스타인은 오히려 민심이며 휘하 군대의 지배력을 복구하는 중이었다. 주력인 크림슨 나이츠의 실력 역시 크게 향상시킨 상태다.

시간을 끌면 안 되는데, 덤비기엔 승산이 적다.

"어쩌지?"

하소연처럼 들리는 시한의 질문에 켈테론은 차분히 대답했다.

"당장 릴스타인 왕국으로 쳐들어갈 여건은 안 됩니다. 하지만 이대로 두고 볼 수만도 없지요. 그래서 일단은 릴스타인의 손발부터 쳐내는 것이 어떨까 합니다."

그리고 야비하게 웃으며 한마디를 덧붙였다.

"물론 되도록 돈 안 드는 방향으로 말입죠."

*　　*　　*

테라노어의 4대 상아탑.

현재 적색 상아탑과 백색 상아탑은 릴스타인의 지배하에 들어가 있다. 릴스타인 본인이 적색 상아탑주를 겸하고 있으며, 사파란의 뒤를 이어 백색 상아탑주가 된 마기언 슈트란트는 이미 공식적으로 릴스타인에게 충성을 맹세했다.

반면 청색 상아탑과 흑색 상아탑은 중립을 지키고 있었다.

물론 저 중립이 눈 가리고 아웅이라는 건 공공연한 비밀이었다. 그럼에도 사국동맹은 그동안 평판과 명분, 그리고 실리적인 문제로 두 상아탑을 도모하지 않았다.

괜히 건드려 긁어 부스럼 만들고 싶지도 않았고, 레비나가 등 뒤에 있는 시점에서 굳이 저들까지 적으로 만들 필요도 없었으니까.

하지만 팔로스 왕국이 사라진 지금은 이야기가 달라졌다. 슬슬 저들을 처리해야 할 이유가 생겼다.

문제는 어떻게 평판과 명분을 만드느냐는 것.

켈테론은 간단하게 그 해결책을 내놓았다.

"까짓것, 우리도 눈 가리고 아웅 합시다."

*　　　*　　　*

테라노어의 극동, 아브란젤 고원에 우뚝 솟은 거대한 흑색 탑.

그 최고층에서 빛바랜 금색 머리칼을 지닌 오십 대 여인이 치를 떨고 있었다.

“이게 무슨 무도한 짓인가요!”

탑의 지배자, 흑색의 브륜딜이었다.

“4대 상아탑은 전통적으로 속세의 권력에서 벗어나 학문의 터전으로 중립을 인정받았거늘! 이런 행위를 다른 이들이 용납할 거라 생각합니까?”

그녀 앞에 선 검은 로브의 중년인이 비릿한 미소를 지었다. 한때 브륜딜과 함께 흑색 상아탑에서 수학했던 현 이나시우스 교국의 궁정 마기언, 이데알룬이었다.

“여기 무슨 속세의 권력이 있단 말이오, 마기언 브륜딜?”

과장스러운 몸짓으로 그가 주변을 가리켰다.

“난 그저 상아탑의 전통에 따라, 탑주인 그대에게 도전하기 위해 왔을 뿐이거늘.”

주위엔 십여 명이 넘는 소드하이어와 마기언이 기절한 채 여기저기 널브러져 있었다. 전원 브륜딜의 가디언이었다.

이데알룬 일행과 사투를 벌인 결과인 것이다. 사망자는 없었지만 전원 상당한 부상을 입은 상태였다.

이데알룬이 수염을 매만지며 말을 덧붙였다.

"그리고 전통적으로 마기언끼리의 결투는 일대일이 아니지."

틀린 말은 아니다.

일대일 결투를 선호하며 타인의 도움을 받는 것을 불명예로 아는 소드하이어와 달리, 마기언의 결투는 동료의 존재를 중시한다. 얼마나 동료들을 잘 보조하고 그들과 손발을 맞춰 최선의 결과를 이끌어낼 수 있는지로 기량을 결정짓는 것이다.

그러니 조력자와 힘을 합치는 것 역시 마기언의 능력이다.

하지만 조력자도 조력자 나름인 법이지.

흑색의 브륜딜은 이를 바드득 갈며 이데알룬의 '조력자'를 노려보았다. 단신으로 나타나 자신의 가디언을 모조리 쓰러뜨린 저 잘생긴 노인네를!

"저자는 용병왕 바락이잖소!"

자그마치 무신급 소드하이어를 조력자로 데리고 왔으면서 무슨 얼어 죽을 도전이란 말인가?

이데알룬 개인의 기량과는 전혀 무관한 결과인 것이다. 이따위 도전을 인정할 이가 있을 리 없다!

"누가 봐도 이계구원자가 벌인 수작이 명백한데, 무슨 헛소리를 하는 거요?"

흥분한 브륜딜을 향해 바락이 어깨를 으쓱였다. 대체 무슨 소리를 하는지 모르겠다는 듯한 표정이었다.

"이계구원자가 무슨 상관인지 모르겠군? 난 용병일세. 용병은 원래 돈 주는 사람에게 고용되는 법이지."

"그대는 창천기사단과 이미 계약한 상태이지 않습니까?!"

"휴가 받았거든."

거짓말은 아니다. 임신한 새 애인을 고향에 데려다주느라 정말 휴가를 받긴 받았다.

바락은 투기를 끌어올렸다. 어쨌든 현재 그의 신분은 마기언 이데알룬의 충실한 조력자였다.

"그럼 고용주와의 계약을 이행하기로 할까?"

바락의 어깨너머로 푸른빛이 새어 나왔다. 브륜딜의 안색이 창백해졌다.

"아아……."

비록 흑색 상아탑주라지만 그녀는 아직 8층에 머물고 있었다. 그런데 플로어 마스터조차 승패를 장담 못 할 무신급 소드하이어를 상대할 수 있을 리가 없다!

천천히 다가가다 문득 생각난 듯 바락이 이데알룬을 돌아보았다.

"그래도 명색이 마기언의 도전인데 조력은 받아야지? 마법 아무거나 하나 걸어주게."

이데알룬이 쓴웃음을 지으며 마법을 준비했다.

"자요."

뭔가 빛이 반짝이다가 사라졌다. 바락이 물었다.

"뭘 걸었나?"

"클리닝 마법입니다."

"효과가 뭔데?"

"옷이 깨끗해지지요."

"오! 실로 큰 도움이로군! 승부에 지대한 영향을 끼치겠어!"

이데알룬이 브륜딜을 돌아보며 짐짓 엄숙한 척 선언했다.

"자, 그럼 흑색 상아탑주 후보로서 조력자와 연계해 도전 의식을 마무리 짓겠소!"

브륜딜이 시뻘게진 얼굴로 악을 써댔다.

"닥쳐! 이 비열한 작자들아!"

*　　*　　*

라텐베르크 왕국과 테오란트 왕국의 경계에 세워진 청색 상아탑 역시 비슷한 일이 벌어지고 있었다.

청색의 트란덴은 어이없어 하며 상대방을 노려보았다.

"이런 식의 상아탑주 계승을 사람들이 용납할 거라 생각하십니까?"

하지만 그 상대는 도전자, 에란트 1세의 오랜 친구이자 테오란트 왕국의 궁정 마기언인 체르보스가 아니었다.

트란덴은 체르보스 곁에 서 있는 조력자인 정체불명의 사내를 응시하고 있었다.

두건을 깊숙이 눌러써 얼굴을 가린 그 사내가 입을 열었다.

“전 그저 마기언 체르보스의 조력자일 뿐입니다. 탑주 도전 의식에 하등 문제가 없다고 생각하는데요?”

꽤나 젊은 목소리였다. 심지어 익숙한 목소리이기까지 했다.

트란덴이 한숨을 쉬며 되물었다.

“당신이 누군지 뻔히 아는데 어찌 문제가 없단 말입니까?”

“저는 어디까지나 정체불명의 조력자입니다만?”

능글맞은 대꾸에 트란덴은 흥분해 소리쳤다.

“뭐가 얼어 죽을 정체불명입니까! 아니, 두건 좀 뒤집어썼다고 몰라볼 것 같습니까? 무신급 소드하이어에 플로어 마스터인 사람이 세상에 또 있을 리가 없잖습니까!”

저 두건 쓴 사내가 이계구원자 성시한이라는 건 너무도 뻔한 사실인 것이다.

“이럴 바엔 차라리 당신이 상아탑주를 하시든가요! 그럼 납득이라도 하겠습니다!”

이계구원자에게 탑주 자리를 넘겨주는 건 괜찮다. 하지만 자신보다 기량이 떨어지는 체르보스에게 넘기는 건 너무 억울하다.

성시한이 쓴웃음을 지으며 대꾸했다.

"그럴까 생각도 해봤는데, 상아탑주라는 자리가 이래저래 귀찮은 일이 많더군요. 내가 좀 바쁜 처지라서 말입니다. 그리고 체르보스 공도 충분히 실력자이니 별문제는 없을 겁니다."

성시한은 분명 플로어 마스터지만, 대인 마법에 비해 결계 마법이나 마도구 운용 쪽이 너무 취약하다. 상아탑주 지위를 차지하기엔 실력이 편중된 상태다.

종합적인 능력을 봤을 땐 실제로 체르보스가 더 자격이 있었다.

여전히 얼굴을 드러내지 않은 채 성시한이 오른손을 들었다. 가공할 마력이 유형의 기운이 되어 청색 상아탑 최고층을 가득 메웠다.

그 기세에 트란덴은 물론이고 같은 편인 체르보스조차 질린 표정이 되었다.

'세상에! 인간이 저렇게까지 엄청난 마력을 보유하는 게 말이 되나?'

트란덴이 어깨를 축 늘어뜨렸다. 결과가 뻔한데 더 발버둥 칠 생각은 없었다.

"마기언 브륜딜은 어찌 되었습니까?"

체르보스가 대신 대답했다.

"그녀는 현재 이나시우스 교국의 손님으로 지내고 있소."

탑주 자리에서 물러난 브륜딜은 교국 왕성, 밤의 눈동자로 호송되었다. 물론 겉으론 손님 대접이었다. 대외적으로 릴스타인과 관련이 없으니 대놓고 포로로 삼을 수는 없는 것이다.

그 대답에 트란덴의 안색이 조금 밝아졌다. 적어도 항복하면 죽이진 않는 것 같다.

"저도 손님 대접을 받을 수 있을까요?"

성시한이 어깨를 으쓱거렸다.

"손님답게 행동한다면?"

릴스타인의 정보를 죄다 불라는 노골적인 협박이었다.

트란덴의 안색이 어두워졌다. 이계구원자 못지않게 그는 릴스타인 역시 두려워하고 있는 것이다.

게다가 딱히 릴스타인의 중요한 정보란 걸 알고 있지도 못하다. 워낙 비밀주의였으니까.

'그래도 이 자리에서 죽는 것보단 낫겠지.'

트란덴은 순순히 자신의 지팡이를 바닥에 내려놓았다.

"도전 의식에 패했음을 인정합니다. 이제부터 청색의 이름은 마기언 체르보스의 것입니다."

*　　　*　　　*

테라노어의 마법학계에 지각 변동이 일어났다.

십 년 가까이 군림하던 브륜딜과 트란덴이 몰락하고, 흑색의 이데알룬과 청색의 체르보스가 새로운 상아탑주가 된 것이다.

의외로 걱정했던 것만큼의 반발은 없었다.

켈테론이 당연한 일이라며 설명했다.

"눈 가리고 아웅은 저쪽이 먼저 했으니까요."

과정이야 어쨌든 이데알룬과 체르보스는 전통적인 도전 의식에 따라 탑주 자리를 차지했다. 적어도 공식적으로 무슨 문제가 있는 것은 아니다. 둘 다 8층에 종사하는 강력한 마기언이었으니 자격은 충분하다.

물론 고위 마기언들이라면 내막을 눈치채고 있었다. 사실은 저들 뒤에 이계구원자가 있었다는 것을.

하지만 저 내막을 알 정도의 고위급은, 예전 탑주였던 브륜딜이나 트란덴 뒤에 릴스타인이 있었다는 사실 역시 아는 위치인 것이다.

전 탑주들 역시 낙하산 인사였으니 현 탑주들의 자격을 따질 마음도 들지 않는다. 그놈이 그놈이랄까?

대신 기대했던 것만큼의 호응도 없었다.

자격 미달의 전 탑주 대신, 자격 미달의 새 탑주가 나타났다 해서 호감을 가질 이유도 없는 것이다. 오히려 세상 참 썩었다며 혀를 찰 뿐이겠지.

이 역시 켈테론은 당연하다는 반응이었다.

"눈 가리고 아웅의 한계가 여기까지인 것이겠지요."

고개를 절레절레 저으며 성시한이 중얼거렸다.

"체르보스와 이데알룬 공에겐 미안한 일이지만 말이지."

덕분에 불필요한 오명을 뒤집어써야 했다. 저들 입장에선 억울한 일일 것이다. 적어도 시한은 그렇게 생각하고 있었다.

그런데 켈테론의 생각은 좀 달랐다.

"별로 그런 눈치는 아니던데요? 두 사람 다 마냥 즐거워하던데."

"그, 그래?"

"과정이야 어찌 되었든 상아탑의 최상층에 올랐고, 접근 금지 상태였던 마법의 지식을 얻게 되었잖습니까?"

오명을 뒤집어쓰는 한이 있더라도, 위대한 마법의 비의를 한 줄 더 읽고 싶어 하는 것이 마기언이라는 작자들이다.

과정이야 어찌 되었든 이데알룬과 체르보스는 상아탑 최고층을 장악해 새로운 지혜를 손에 넣었다. 불만 따윈 전혀 없었다.

"그건 다행이지만……."

성시한이 고개를 설레설레 저었다.

"어쨌든 만족스러운 결과는 아냐."

이데알룬과 체르보스를 내세워 두 상아탑을 차지하는 것이 원래 계획이었다. 하지만 정작 그 목표는 실패했다.

알고 보니 브륜딜과 트란덴조차도 상아탑주라는 감투만 쓰고 있었을 뿐 진짜 탑의 주인은 아니었던 것이다.

이미 두 상아탑의 진정한 마법 중추는 릴스타인이 장악한 지 오래였다.

* * *

트란덴으로부터 상아탑주의 상징인 청색의 로드를 인계한 후의 일이다.

성시한과 체르보스는 최고층 중앙에 세워진 거대한 책장으로 향했다. 청색 상아탑 전체를 관장하는 '권능의 서재'였다.

청색의 로드를 높이 든 채 체르보스가 정해진 술식을 외웠다.

"오르쿠스 제스텔라인 루스클란의 권위를 대리하여 청(靑)의 주인을 명명하노라. 체르보스 델라스 라탄, 이는 자격 있는 자의 이름이로다."

정명한 도전 의식에 의거, 탑의 새로운 관리자가 되었음을 청색 상아탑에 등록하는 과정이었다.

비의가 담긴 마도서들이 책장에서 빠져나와 저절로 펼쳐지며 마력을 내뿜는다. 서적에 적힌 술식들이 빛의 문자가 되어 허공에 맺히며 새로운 술식으로 화한다.

성시한은 한가하게 그 광경을 지켜보고 있었다.

'루스클란 대제의 유적이랑은 방식이 좀 다르네?'

현대인 관점에서 볼 때 대제의 수정탑 시스템은 SF 영화에 가까웠다. 반면, 이쪽은 확실히 판타지란 느낌이다.

'너무 앞선 개념이라 평범한 테라노어인이 사용할 상아탑 쪽은 일부러 눈높이를 맞춘 모양이군.'

하여튼 그렇게 체르보스가 청색 상아탑을 장악하기를 기다리고 있었는데, 어째 그의 표정이 영 좋지 않았다.

점점 안색이 굳어지며 신음하더니 이내 식은땀까지 줄줄 흘린다.

"음, 으으음……."

성시한이 의아해하며 정중하게 물었다.

"무슨 문제라도 있습니까, 마기언 체르보스?"

평소 시건방지게 반말 찍찍 하고 다니는 것처럼 보이는 시한이지만, 사실 그가 하대하는 이들은 전부 혁명전쟁 시절 안면이 있었다. 당시에도 이미 하대를 했기에 자연스레 그 말투를 이어갈 뿐이다.

체르보스나 브륜딜처럼 나이도 지긋하고 과거의 인연도 없었던 이들에게는 존대로 대하고 있었다.

시한의 질문에 송구스러운 어조로 체르보스가 대답했다.

"…등록이 안 먹힙니다, 시한 님. 아무래도 계엄령 상태인 것 같습니다."

4대 상아탑은 전통적으로 중립을 유지한 채 제국의 권력에서 한 발자국 떨어져 있다. 이것이 천 년 동안 유지된 기본 틀이다.

하지만 강력한 전력인 마기언들이 대거 포진한 4대 상아탑을 아무 제약 없이 풀어주면 이는 불화의 씨앗이 될 수도 있다.

그래서 천 년 전의 루스클란 대제는 또 다른 억제책도 준비해 놓았다.

4대 상아탑 전체를 지배하는 유일한 존재, 제국 황제는 만일의 경우 탑의 기능을 정지시킬 권한을 가진다. 계엄령을 발동하면 모든 상아탑의 마법 중추는 황제의 손아귀로 넘어가며 비치된 지식 열람은 50%, 탑의 기능은 20% 이내로까지 제약이 걸리는 것이다.

"릴스타인은 사파란을 쓰러뜨리면서 4대 상아탑을 모두 손에 넣었습니다. 충분히 저 권한을 지니고 있었겠지요."

이래서야 체르보스가 새로운 탑주로 등록되는 것은 불가능하다.

"그럼 흑색 상아탑도 같은 상황이겠군요?"

"그럴 겁니다."

성시한은 난처해하며 권능의 서재를 노려보았다.

이러면 기껏 눈 가리고 아웅 한 것이 의미가 없어진다. 지식 열람을 50%나 할 수 있으니 체르보스나 이데알룬은 그럭저럭 만족하겠지만, 원래 목표는 릴스타인의 영향에서 상아탑을 완전히 독립시키는 것이었다.

"어쩌지? 그냥 부숴야 하나?"

"…천 년 동안 모든 마법의 본산이었던 곳을요?"

체르보스는 어이가 없어 눈앞의 젊은 지구인 청년을 빤히 바라보았다.

그러고 보면 릴스타인의 선동 작업도 아주 근거가 없진 않았던 것 같다. 뭘 죄다 부수는 걸로 해결하려고 하나?

정말 부수자고 할까 봐 체르보스가 재빨리 설명을 이었다.

"걱정 마시지요. 달리 방법이 없는 것은 아닙니다."

오직 황제의 독단으로만 상아탑이 좌지우지되어 버리면 후손 중 폭군이 나올 경우 손쓸 도리가 없어진다. 그래서 초대 황제는 이에 대한 예방책도 세워놓았다.

4대 상아탑 중 과반수, 즉 세 명 이상이 손을 합치면 저 계엄령을 자의적으로 풀 수 있게 해둔 것이다.

이리하면 아무리 폭군이라도 무턱대고 독단적으로 나올 수는 없으리라.

적어도 루스클란 대제는 그리 생각했다.

물론 현실은 언제나 상상을 능가하는 법이라, 광제 시절엔 아예 루스타나드 2세와 4대 상아탑주가 전부 손을 잡고 폭정을 저질러 버렸지만.

성시한의 표정이 밝아졌다.

"아, 그렇다면……."

체르보스가 열심히 고개를 끄덕였다.

"예, 백색 상아탑까지 손에 넣으시면 충분히 금제를 풀 수 있을 겁니다."

브렌탈이 수도 아올라드를 수복하고 사파란 왕국의 새로운 국왕이 되긴 했지만, 그 영토는 구 사파란 왕국의 중부와 북부까지였다.

남부는 여전히 릴스타인의 수중에 들어간 상태였다. 그리고 백색 상아탑은 사파란 왕국 남부에 위치해 있었다.

켈테론이 재빨리 머리를 굴렸다.

"시한 님과 바락 님, 그리고 카렌 님이 함께하시고 창천기사단만의 소수 정예로 군사 2천 정도를 꾸린다면 충분히 가능할 겁니다. 릴스타인 왕국 본토로 침공하는 건 아니니까요. 릴스타인이 직접 나선다면 이야기가 달라지겠지만, 그 경우에도 소규모라면 빠른 후퇴가 가능할 테니 큰 위험은 없지요."

명분도 충분했다. 과거 사파란 왕국의 영토를 수복하는 것은 브렌탈 국왕의 의무이기도 하다. 국민들 역시 지지하리라.

문제는 그럴 여력이 있냐는 것이다.

"돈이 있나? 재정 파탄 났다며?"

성시한의 질문에 켈테론이 어깨를 으쓱였다.

"왕국 재정이 파탄 난 거지, 제 재정이 파탄 난 건 아니잖습니까?"

그동안 켈테론 재산으로 전쟁 일으킨 것은 아니니까.

"저는 건실한 투자를 통해 꾸준히 재산을 관리하고 있었습니다."

참으로 당당한 태도였다. 시한의 표정이 기묘해졌다.

"그게 일국의 재상이 할 소린가? 어쨌건 국가 재정도 그대의 책임이잖아?"

"국고는 국고고, 제 돈은 제 돈이죠. 공과 사는 구별해야 하는 것 아니겠습니까? 나랏돈을 자기 것처럼 여겨서야 어찌 일국의 재상 자격이 있다 하겠습니까?"

"……."

성시한은 침묵했다. 거참, 분명히 틀린 말은 아닌데 저걸 저렇게 써먹나?

'저것도 재주는 재주야.'

켈테론이 손바닥을 비비며 아부성 어조로 말을 이었다.

"하지만 시한 님을 위해서라면 제가 어찌 재산을 아끼겠습니까? 군사 2천 정도는 제 사비로 얼마든지 충당할 수 있습니다요, 헤헤헤."

실제로, 흑색 상아탑의 조력자로 용병왕 바락을 움직일 때 든 비용은 켈테론 개인이 냈다. 바락은 결코 공짜로 일하는 성격이 아닌 것이다.

성시한을 위해서라면 켈테론은 결코 돈을 아끼지 않았다. 그때마다 칼같이 생색을 내서 그렇지.

"어쨌거나 그 정도의 돈은 있다, 이거지?"

"물론입니다요."

"그럼 군사를 준비해 줘. 카렌과 바락 영감님도 부르고."

"20일만 주십시오. 확실히 준비해 놓겠습니다."

켈테론은 고개를 숙이며 자신만만하게 말했다. 시한이 고개를 끄덕였다.

"20일인가……."

시간이 살짝 남는다.

"이참에 애들 휴가나 줄까?"

"그것도 좋겠지요. 다들 그동안 바쁘지 않았습니까?"

*　　　　*　　　　*

왕도 라텐셀 근교에 위치한 크럼블 가문의 저택.

간만에 휴가를 받은 디나는 집으로 돌아와 있었다.

그동안 워낙 여기저기 따라다니는 곳이 많다 보니 근 1년 가까이 부모님 얼굴을 보지 못했다. 오랜만에 딸을 본 어머니는 눈시울을 붉혔고, 아버지, 크럼블 백작은 크게 자랑스러워했다.

"디나야, 네가 마스터로 하이어 알리타를 선택했을 때 사실 좀 의아해했었다. 하지만 이제 보니 정말 내 딸이 안목이 있구나!"

알리타의 종자가 된 덕분에 전설의 영웅, 이계구원자와 함께할 수 있게 되었다. 실로 가문의 영광이다.

명예도 명예지만 실리도 컸다. 이계구원자의 명성을 등에 업고 크럼블 백작가 역시 상당히 발언권이 세진 상태였다. 크럼블 백작이 좋아할 수밖에 없었다.

오랜만에 오빠들도 만났다.

디나와 달리 몸이 약한 그들은 모두 관리의 길을 걷고 있었다.

한때는 기사의 길을 걷는 누이동생을 질시하고 은근 구박도 했던 오빠들이었다. 하지만 다시 만난 그들은 실로 다정하기 그지없었다.

"정말 오랜만이구나, 디나야."

"얼마나 있다 갈 거니?"

"오래는 못 있어요. 또다시 출정이어서."

"그래, 그럼 그동안이라도 푹 쉬거라."

"디나가 좋아하는 꿩 요리라도 준비할까?"

아니, 다정하다 못해 대놓고 눈치 보는 기색이 역력했다.

어쩔 수 없는 게, 이 오빠들은 현재 라텐베르크 왕궁의 재정관으로 일하고 있는 것이다. 쉽게 말해서 켈테론 부하란 소리다.

자신들은 감히 눈도 마주치지 못하는 라텐베르크 호국공, 창천재상 켈테론을 무슨 옆집 아저씨처럼 부담 없이 대하는 누이동생이었다. 어마어마하게 출세한 걸로밖에 안 느껴진다.

"고마워요, 오라버니들."

디나는 쓴웃음을 지었다. 딱히 자신이 잘난 게 아니고, 그냥 인맥 좀 잘 쌓은 것뿐인데 이런 대접을 받자니 기분이 묘했다.

간만에 하이어 파라멘의 종자였던 시절의 친구들도 만났다.

그들은 여전히 흑사자 기사단의 종자로 일하고 있었다.

"와! 오랜만이야, 디나!"

"그동안 어마어마한 모험을 했다면서?"

다들 십 대 아이답게 호기심 가득한 눈으로 디나를 바라보고 있었다. 그녀는 머쓱해하며 손을 내저었다.

"어마어마한 모험은 무슨……."

겸양을 하려다 잘 생각해 보니, 정말 어마어마한 건 맞는 듯했다.

실은 그간의 여정이 죄다 혁명 6영웅이며 테라노어의 격변한 정세와 연관이 있었으니까.

심지어 얼마 전엔 천 년 전 초대 루스클란 황제의 유산도 보고 왔다!

디나는 적당히 그동안 있었던 일들을 읊었다. 대제의 유적은 기밀 사항이라 함부로 이야기할 수 없지만 다른 전쟁은 떠들 수 있었다.

그때마다 아이들의 표정에 동경이 가득했다.

"우와……."

"혁명 영웅들은 다들 그 정도의 강자란 말이야?"

"창천기사단이라니, 대단하다."

호승심을 느끼고 대련을 청하는 이도 있었다.

올해 18살이 된, 하이어 리블의 종자로 일하고 있는 웨베크 가문의 라판이란 소년이었다.

"어때, 디나? 오랜만에 대련이나 한번 해볼까?"

그는 아까부터 돌아가는 분위기를 불쾌해하고 있었다. 다들 디나를 떠받들어 주는 것이 마음에 들지 않았다.

'흥! 그렇다고 재 마스터가 이계구원자인 건 아니잖아? 그런데 왜 다들 이 난리야?'

듣자하니 디나의 마스터라는 그 소녀의 나이는 라판과 별 차이도 없었다. 어쩌다 이계구원자의 총애를 받았을 뿐이지, 제 실력으로 명성을 날리고 있는 게 아닌 것이다.

'그 나이에 정말로 기사급일 리가 있나?'

흑사자 종자들 중 가장 나이가 많은 라판은 그만큼 덩치도 성인과 맞먹고 수련 기간도 길었다. 예전의 디나라면 한주먹 거리도 안 되었을 것이다.

하지만 그녀는 승낙했다.

여기서 거부하면 마스터의 명예에 누가 되니까.

"좋아."

두 사람이 연무장으로 향했다. 다른 종자들도 눈을 빛내며 뒤를 따랐다.

*　　　*　　　*

"자! 얼마나 강해졌나 볼까?"

사슬 갑옷을 걸치고 장검과 방패를 든 라판이 호기롭게 외쳤다. 하이어 리블의 종자인 그는 철벽기를 바탕으로 소드 앤 실드 스타일을 익히고 있었다.

반면 디나는 롱 소드를 양손으로 쥔 채 상대에게 겨눈 자세였다. 알리타의 종자가 된 후론 방패를 버리고 빠른 몸놀림

위주로 스타일을 바꾼 것이다.

"최선을 다하겠어, 라판!"

디나의 표정은 진지했다. 방심 따윈 전혀 없었다.

그녀는 알고 있는 것이다.

자신이 강한 게 아니라 주위가 강한 것이고, 자신이 대단한 게 아니라 주위가 대단한 것뿐이라는 걸.

주제 파악 못 하는 것도 격차가 어지간할 때의 이야기다. 저런 무지막지한 초인들 사이에 껴 있으면 주제 파악을 못 할 수가 없다.

'옆에 혁명 영웅들이 득시글거리면 뭘 해? 나 혼자선 흙 인형 하나도 간신히 잡는걸.'

라판이 먼저 움직였다.

방패로 몸을 가린 채 빠르게 검을 내려친다.

"타아앗!"

디나도 재빨리 받아쳤다. 라판의 철벽기를 상대로 디나의 섬멸기가 예리한 검광을 뿌리며 반짝였다.

타타탕!

순식간에 몇 차례의 공방이 오갔다.

라판은 당황했다. 예상했던 것보다 디나의 실력이 너무 뛰어났다.

"제, 제법인데?"

디나 역시 당황하긴 마찬가지였다.

'어? 얘 왜 이렇게 약하지?'

예전엔 정말 철벽처럼 암담하게 느껴지던 라판이었다. 그런데 오랜만에 다시 보니 전신이 허점투성이다.

혹시나 싶어 조심스레 허점을 공략해 보았다. 섬멸기를 실은 찌르기가 라판의 급소를 콕콕 찔렀다.

디나 딴에는 소심하게, 힘을 별로 안 넣고 바로 방어 자세로 돌아갈 수 있도록 가볍게 찌른 것인데 그때마다 신음이 터져 나온다.

"큭! 크윽! 크억!"

라판은 연신 얻어맞으며 혀를 내둘렀다. 가벼워 보이는 공격이지만 실린 힘이 예사롭지 않았다.

"시, 실력이 많이 늘긴 했군!"

하지만 물러서진 않았다. 사내로서 이 정도로 물러설 수는 없다.

'기술에서 밀린다면 힘으로라도!'

덩치와 근력을 바탕으로 라판이 큼직한 일격을 날렸다.

머리 하나 이상 큰 소년이 작달막한 소녀를 향해 검을 내려친다. 디나는 유려한 검놀림으로 상대의 공세를 흘렸다.

그리고 당황했다.

'어머?'

라판이 한 번 더 공격을 가했다. 이번엔 디나도 검을 흘리지 않았다. 그냥 대놓고 정면에서 맞부딪혔다.

타앙!

요란한 금속음과 함께 오히려 라판의 무릎이 꺾였다.

"컥!"

'어머머?'

디나는 황당해하며 그대로 상대를 밀어붙였다. 힘을 좀 주니 그대로 죽죽 밀린다.

라판의 안색이 굳어갔다.

'뭐야? 얘 왜 이렇게 힘이 세?'

기술이나 몸놀림은 고사하고, 그냥 육체 능력 자체에서 디나가 월등했던 것이다. 투기량도 투기량이지만 기본적인 기량에서 차이가 너무 크다.

"라판, 너 하체가 너무 부실한 거 아냐? 이 정도에 밀리면 어떡해?"

디나 딴에는 진지하게 걱정한 것이겠지만, 듣는 이에겐 비아냥일 뿐이다. 이를 악물며 라판이 반격에 나섰다.

"으아아!"

흥분한 채 정신없이 검을 휘둘러 댄다. 덕분에 어디가 허점이라고 짚지도 못할 만큼 방어가 뻥 뚫린다.

디나는 그 광경을 보며 새삼 깨달았다.

'아, 이래서 화는 내도 빡치진 말라는 거구나.'

그녀는 속으로 혀를 내두르며 라판의 사정거리 안으로 파고 들었다.

"하압!"

검광이 번뜩이며 라판이 뒤로 튕겨져 나갔다. 관전하던 종자 아이들의 눈이 휘둥그레 커졌다.

"우와!"

작은 디나가 성인 장정과 비슷한 체구의 소년을 간단히 날려 버린 것이다. 얼마나 제대로 공격이 먹혔는지 나가떨어진 라판이 몸을 일으키지도 못하고 있었다.

잠시 버둥대던 라판이 결국 고개를 떨궜다.

"크윽, 내가 졌다……."

종자 아이들이 디나 곁으로 우르르 몰려들었다.

"디나!"

"엄청 세졌잖아?"

"아까는 하나도 안 세진 것처럼 말하더니!"

디나는 어안이 벙벙한 얼굴이었다.

이제껏 그녀는 자신이 강해졌다는 실감을 별로 하지 못하고 있었다. 물론 예전보다 좀 나아지긴 했지만 그래봤자였다.

"나, 흙 인형 하나 제대로 못 해치워서 그 고생을 했는데……."

그녀의 혼잣말에 종자 아이들이 고개를 갸웃거렸다.

"흙 인형?"

"흙 인형이 뭐야?"

디나는 아차 싶어 입을 다물었다.

저 흙 인형이란 게 실은 적색의 릴스타인, 테라노어에 둘밖에 없는 플로어 마스터가 소환한 대지의 정령수라는 건 극비 중의 극비…….

'잠깐? 이렇게 말하니, 그거 약한 거도 아니었잖아?'

제논과 알리타가 워낙 정령수들을 수수깡처럼 쉽게 서걱서걱 베어버려서 미처 못 느꼈는데, 사실 그 흙 인형 하나만으로도 여기 모인 종자 아이들 정도는 모조리 패 죽이고도 남는다.

새삼 깨달음을 얻은 디나가 멍하니 하늘을 올려다보았다.

'와, 이래서 아빠가 사람은 큰물에서 놀아야 한다고 했나 보다…….'

*　　　*　　　*

열흘 뒤 디나는 창천기사단 본부로 복귀했다.

알리타가 그녀를 반갑게 맞이했다. 딱히 갈 곳이 없는 알리타나 제논은 휴가를 받았어도 계속 본부에 머무르고 있었다.

"어때, 디나? 부모님은 잘 계시고?"

"네, 오랜만에 친구들도 만났어요."

친구라는 단어에 알리타의 표정이 아련해졌다. 어릴 적부터 항상 숨어 살아야만 했던 그녀는 친구라 칭할 만한 존재가 주위에 없었다.

"좋았겠네……."

알리타가 부러운 듯 중얼거렸다. 디나가 씩씩하게 고개를 끄덕였다.

"네, 정말 좋았어요."

알리타가 상상한 '친구들과의 재회'는 아니었지만, 어쨌든 기분 좋았던 건 사실이다. 내심 자신감을 얻은 채 디나는 원래 자리로 복귀했다.

그러는 동안 다른 이들도 속속들이 모이고 있었다.

일단 공식적으론 '휴가 상태'였던 바락이 돌아왔다.

"허허, 가욋돈 벌어서 좋구먼. 우리 캐서린 출산 비용이 필요했는데."

비렛타가 그를 맞이하며 혀를 찼다.

"어휴, 저 호색한 영감은 죽을 때까지 저 모양 저 꼴일 거야."

실피스가 웃으며 비렛타를 달랬다. 간만에 남편과 아이들을 만나고 온 덕에 그녀는 꽤나 기분이 좋아진 상태였다.

"너무 그러지 마, 비렛타. 어차피 죽을 날이 많이 남지도 않은 양반인데? 아무리 저 괴물 할아범이라도 설마 백 살 넘기진 않겠지."

물론 바락 입장에선 전혀 달래는 걸로 안 들렸지만.

"차라리 욕을 하게, 실피스! 저주 퍼붓지 말고!"

우드로우나 에세드, 비렛타 역시 간만의 휴가에 개운한 얼굴이었다.

뭐, 휴가라고 해도 엄청 멀리 간 건 아니고, 그냥 라텐셀 술집 탐방 정도였다.

"이 동네 술맛도 나쁘지는 않구만."

"그래도 역시 술은 사파란 왕국이지."

"그 동네가 그리 명주가 많나?"

"사파란이 워낙 애주가였으니까."

바락의 수행에서 자유로워진 제논은, 오랜만에 밀린 요리를 신나게 즐기고 스트레스를 해소한 상태였다.

"이제 다시 기사 업무로 돌아가야죠."

카렌 이나시우스도 합류했다. 이번엔 공식적으로 움직이지 않고 시디아를 가짜 카렌으로 분장시킨 뒤 정체를 숨기고 몰래 왔다.

"혹시나 릴스타인이 직접 나설지도 모르니까요. 그가 제 존재를 모른다면 비장의 한 수가 될 수 있겠죠."

마지막으로 켈테론이 군사 2,000을 준비해 국경에 집결시킴으로써 모든 준비가 끝났다.

이제 남은 것은 백색 상아탑을 향해 진군하는 일뿐이었다.

성시한은 창천기사단과 2,000의 라텐베르크 왕국군을 이끌고 사파란 왕국 국경을 넘었다. 용병왕 바락이며, 초인급 소드하이어 에세드 등 기라성 같은 강자들이 포함된 전력이었다.

정체를 숨긴 카렌 역시 수련생 법복 차림으로 두건을 눌러쓴 채 그의 곁을 걷고 있었다.

"이번엔 릴스타인이 직접 나설 가능성이 높아요."

알리타의 피를 이용해 크림슨 나이츠를 제압하는 방법을 개발했다. 그러나 이는 지배의 홀로 내리는 간접 명령에 오작동을 일으키는 방식이라, 릴스타인이 직접 명령하면 효과가 없었다.

현재 왕도 라텐셀 지하에 봉인되어 있는 지구인들 역시 릴스타인이 몸소 행차한다면 도로 봉인이 풀리는 것이다.

그럼에도 성시한이나 카렌이나 그 점은 별로 걱정하지 않았다.

릴스타인이 알아서 아군 한복판에 떡하고 나타나 준다고? 그럼 이들 입장에선 매우 감사한 일인 것이다.

"그럴 리는 절대 없겠지만 말이죠."

어쨌든 이제 릴스타인은 예전처럼 원거리에서 간접적으로

크림슨 나이츠를 부릴 수 없게 되었다.

만약 그가 직접 나선다면, 그땐 카렌의 존재가 큰 변수가 된다.

"릴스타인은 테라노어인이죠. 질병의 축복이 충분히 효과가 있을 거예요."

레비나가 그토록 죽어라 도망만 친 이유는 단순히 성시한의 무력이 두려워서가 아니다. 그렇다고 카렌의 플레이그 블레스가 두려워서인 것도 아니다.

둘이 손을 잡을 경우, 시너지 효과가 너무 큰 것이 원인이었다.

플레이그 블레스에 자신의 기량은 팍 떨어지지만, 시전자 본인인 카렌과 지구인인 성시한은 전혀 영향을 받지 않을 테니까.

이 두 사람은 아무런 리스크도 짊어지지 않은 채 제 실력을 유지하며 상대방만 약화시킬 수 있는 것이다.

이것이 카렌이 정체를 숨긴 이유였다.

"릴스타인 역시 마찬가지일 테니, 제 존재를 알아차리면 전면전을 피하려 할 가능성이 높겠죠."

성시한이 반론을 내세웠다.

"그건 모르는 일이야. 레비나와 달리 릴스타인은 크림슨 나이츠의 통솔력을 뺏기지 않을 테니까."

크림슨 나이츠를 상대할 땐 저 두 사람의 시너지 효과가 사라져 버리는 것이다.

테라노어인이 상대라면 기존의 플레이그 블레스가 충분히 통용된다. 반면 지구인을 상대하려면 촉매를 통해야만 질병의 축복을 내릴 수 있다.

이 경우엔 성시한도 질병에서 자유로워질 수 없는 것이다. 같은 지구인이니까. 크림슨 나이츠와 마찬가지로 기량이 하락해 버린다.

"만약 릴스타인이 직접 나선다면……."

카렌은 고민에 잠겼다.

"어떻게 크림슨 나이츠와 떨어뜨려 놓느냐가 관건이겠네요."

그리고 분리한 크림슨 나이츠를 시한이나 카렌이 아닌, 다른 사람들이 최대한 발을 묶어줘야 한다.

"적어도 저는 싸울 수 없으니까요."

한때 28인이나 되는 크림슨 나이츠를 홀로 쓰러뜨리는 쾌거를 보인 그녀였다. 하지만 그때와 지금은 상황이 다르다.

일단 크림슨 나이츠의 수준 자체도 그때보다 많이 올라갔다. 무엇보다 플레이그 블레스 자체가 전처럼 절대적인 위력을 보이질 않는다.

시한도 고개를 끄덕였다.

"릴스타인, 그 녀석이 이미 해결책을 도입했으니까."

새로운 크림슨 나이츠는 질병의 축복에 당해도 기존 테라노어인 정도의 기량 하락밖에 겪지 않는다. 이미 레비나와의 전투를 통해 확인한 사실이다.

분명 카렌은 상대가 릴스타인이라면 비장의 한 수가 될 수 있다. 하지만 크림슨 나이츠 상대로는 그냥 평소 실력 이상은 발휘하지 못하는 것이다.

"그렇게 되면 바락 영감님이랑 창천기사단을 믿는 수밖에 없겠군."

성시한의 말에 카렌이 아쉬워하는 표정을 보였다.

"검은 가루의 양이 좀 많았다면 좋았을 텐데요."

촉매 가루가 있다면 그녀뿐 아니라 테라노어인의 마기언들도 크림슨 나이츠에게 마법을 먹일 수 있다. 당연히 카렌도 추가로 확보하려 애썼다.

하지만 실패했다.

카렌의 활약 이후, 릴스타인은 마기언들에게 나눠준 루스클란의 심장 가루를 모조리 회수하고 엄중히 관리해 결코 외부로 새어 나가지 못하도록 했다. 덕분에 몇 번 시도해 보았지만 추가로 촉매 가루를 손에 넣진 못했다.

현재 비축하고 있는 촉매는 기껏해야 작은 손주머니 하나 분량 정도, 그녀 혼자 쓰기도 모자란 양이었다.

시한이 행군로 뒤쪽을 힐끔거렸다.

"마법 전력을 못 쓴다면 전술 폭이 많이 좁아지지."

이 자리에 있는 마법병단은 라텐베르크 왕국에만 소속되지 않았다. 과거 사파란에게 충성을 다하던 구 백색 상아탑 출신 마기언들도 대거 합류했다.

덕분에 현재 라텐베르크 왕국군은 그 수가 늘어 총 2,300에 육박하고 있었다. 원래는 일반병이 1,900 정도에 소드하이어와 마법병단이 100 정도였는데, 거기에 마기언만 300여 명이 더 붙은 것이다.

2,300의 전력 중 마법병단이 400 가까이 된다니 꽤나 기형적인 구조라 하겠다. 소드하이어와 마기언의 전력이 비대하고 일반 전력은 필요한 만큼만 딱 채운, 실로 소수 정예의 표본이라 할 만한 구성이었다.

카렌이 도로 표정을 바꿨다.

짐짓 자신감을 보이며 그녀가 말했다.

"괜찮아요, 시한. 이 정도면 승산은 충분해요."

릴스타인이 크림슨 나이츠 60명을 모조리 끌고 직접 참전하면 이 전력만으로는 아무래도 힘들 것이다. 하지만 몰리는 와중에도 상대의 급소에 비수를 꽂을 수는 있을지도 모른다.

"최악의 경우라도, 큰 피해 없이 후퇴할 수 있겠죠."

혁명전쟁의 경험을 토대로 카렌은 차분하게 전황을 예측하고 있었다. 그런데 성시한은 여전히 떨떠름한 얼굴이었다.

그녀가 의아해하며 물었다.

"다른 걱정이 있나요, 시한? 뭔가 문제라도?"

"응? 아냐."

시한은 고개를 저었다.

카렌의 판단 자체는 분명 옳다. 전쟁이 시작되면, 어지간해선 그녀의 예상에서 크게 벗어나진 않을 것이다.

"…전쟁이 시작된다면 말이지."

"네?"

카렌이 의아해할 때였다. 때마침 참모진 중 한 명이 성시한에게 다가왔다. 사파란 남부 지역의 정보를 보고하기 위함이었다.

정체를 숨기고 있는 카렌은 재빨리 뒤로 물러섰고, 시한이 물었다.

"적들의 전력이 어느 정도라던가?"

참모는 바로 대답하지 않았다. 한참을 머뭇거리더니 간신히 입을 연다.

"…릴스타인 왕국군이 모두 후퇴했습니다, 시한 님."

사파란 왕국 남부 지방은 물론이고, 백색 상아탑을 지키고 있던 병력까지 싹 다 본국으로 돌아가 버렸다.

현재 적진은 아예 무주공산이라는 것이 그의 보고였다.

"혹여 적의 함정일 수도 있으니 사파란 왕국 측에서 한 번 더 세밀한 정찰을 할 것이라 했습니다. 추후 좀 더 자세한 보고를 올리겠습니다."

"그러도록."

참모가 보고를 마친 뒤 다시 원래 자리로 돌아갔다. 카렌이 당황하며 시한을 돌아보았다.

"이게 어떻게 된 거죠?"

그는 심드렁한 얼굴이었다. 전혀 놀라지도 당황하지도 않았다.

"그래, 어째 이럴 것 같더라……."

"이럴 줄 알고 있었다고요? 어떻게? 혹시 다른 기밀 정보가 있었나요?"

"그런 건 아닌데……."

시한은 뺨을 긁으며 헛웃음을 흘렸다.

"릴스타인 녀석이라면 왠지 이렇게 나올 것 같았달까?"

* * *

라텐베르크 왕국군은 거침없이 진군했다. 당연한 이야기였다. 적군이 존재하질 않으니 거침이 있을 리가 없지.

그리고 사흘 뒤 백색 상아탑에 도착했다.

상아탑 역시 텅 비어 있었다.

이미 슈트란트는 자신의 추종자들을 이끌고 릴스타인 왕국으로 향한 지 오래였다. 남은 이들은 원래 상아탑에서 수학하던 하위 마기언뿐이었다.

탑에 들어선 시한은 바로 최고층으로 올랐다. 그의 곁에는 카렌 외에 백색 로브 차림의 중년인도 한 명 있었다.

백색 상아탑주 후보, 마기언 모투스였다.

한때 브렌탈과 함께 저항 세력을 꾸리고 있었고, 현재 사파란 왕국의 궁정 마기언이기도 한 그는 8층 마법에 종사하는 강력한 마기언이었다. 새로운 상아탑주로 만들기 위해 성시한이 일부러 소환한 것이다.

이 소식을 처음 들었을 땐 모투스도 꽤 당황했다.

'제가 상아탑주의 자격이 있을까요? 저보단 마기언 테이엔이 좀 더 경지가 높습니다만…….'

모투스와 함께 쫓겨 다니다 성시한의 구조를 받은 테이엔은 현재 라텐베르크 왕국의 궁정 마기언이 되었다.

같은 백색 상아탑 출신이기도 하고 기량도 뛰어난 만큼, 모투스보다는 그가 사실 탑주 자격에 더 어울린다.

그러나 시한은 단호하게 그를 후보에서 제외했다.

'테이엔은 안 돼.'

'어째서요?'

'그는 연락 담당이야.'

그동안 8층에 종사하는 마기언이 없어 켈테론과의 연락이 얼마나 불편했는지 절실히 느낀 시한이었다. 기껏 생긴 '통신망'을 잠시라도 비울 생각은 전혀 없었다.

'그, 그런 이유로 후보에서 제외되다니…….'

모투스는 당황했다. 저러면 테이엔이 상당히 불만을 품지 않을까?

그럴 일은 없을 듯했다.

'아, 대신 상아탑 최고층의 열람권 일부를 따로 주기로 했어.'

'헉? 그럼 그게 상아탑주보다 좋은 거잖습니까!'

상아탑 최고층의 지식과 지혜는 얻으면서 정작 탑주 업무는 안 해도 된다니!?

도리어 모투스가 억울해졌다. 시한이 실실 웃으며 그를 달랬다.

'테이엔도 나름 바쁘니까 할 수 없지, 뭐.'

하여튼 상아탑주라면 모든 마기언들의 꿈이나 다름없는 자리다. 기회가 오자 모투스는 날름 달려왔고, 현재 들뜬 표정으로 계단을 오르고 있었다.

"내, 내가 백색 상아탑주라니… 흐흐흐……."

시한이 흥분한 중년인을 돌아보며 초를 쳤다.

"너무 좋아하지 않는 게 좋을걸?"

"예?"

"릴스타인이 괜히 물러났겠어? 뭔가 믿는 게 있으니 저랬겠지."

백색 상아탑까지 차지하면 금제를 풀 수 있다는 말에 성시한도 처음에는 좋아했다. 하지만 좀 더 생각해 보니, 흑과 청의 상아탑을 너무 쉽게 손에 넣었다는 생각이 들었다.

'아예 풀 방법이 없다면 모를까, 백색 상아탑까지 빼앗기면 풀리는 금제라고?'

그럼 백색 상아탑을 철저히 방어하기 전에, 두 상아탑에도 좀 더 수를 써놓는 것이 옳다. 그런데 릴스타인은 그쪽은 전혀 신경 쓰지 않았다.

즉, 막상 백색 상아탑을 차지해도 원하던 걸 얻을 가능성은 별로 없는 것이다.

'보나마나 또 뭔가 아무도 못 풀 금제 같은 걸 걸어놨겠지. 어쩌면 권능의 서재 자체를 통째로 들고 날랐을지도 모르고.'

상아탑의 마법 중추를 탑에서 떼어낸다는 건 있을 수 없는 일이라는 체르보스의 설명이 있긴 했지만, 애당초 릴스타인이 있을 수 없는 짓을 저지른 게 한둘이어야지?

지구인이 수백 단위로 테라노어에 득시글거리는 시점에서 호언장담은 빛을 잃었다.

그렇다고 시도도 안 해볼 수도 없어 일단 군사를 끌고는 왔지만, 솔직히 기대는 되지 않는 것이다.

"뭐, 일단 올라가는 보자, 올라가는."

시한은 들뜬 모투스와는 극히 대조적인 표정으로 터덜터덜 최고층까지 올랐다. 그리고 여전히 심드렁한 얼굴로 권능의 서재 앞에 섰다.

"일단 들고 나르진 않았네?"

상아탑주의 증거인 백색의 로드는 보이지 않았다. 슈트란트가 후퇴하며 가져간 듯싶었다.

예상했던 일이었고 이미 대책도 마련했다.

시한의 무식하리만치 방대한 마력이라면 우회 루트가 가능하다. 그의 마력을 모투스가 속성 변환시켜 마치 자신의 것인 듯 등록시키는 것이다.

흥분한 표정으로 중년인이 권능의 서재로 달려들었다.

"부탁드립니다, 시한 님!"

"그래. 시도는 해보자, 시도는."

성시한은 시큰둥하게 마력을 발동했다. 마력 증폭술로 한껏 방대해진 마력이 모투스의 제어에 따라 권능의 서재로 빨려들어 갔다.

잠시 후, 모투스가 쾌재를 터뜨렸다.

"됐습니다, 시한 님!"

"그래, 그럴 줄 알았… 엉?"

한숨을 쉬려던 시한이 눈을 휘둥그레 떴다.

"됐다니, 뭐가?"

"금제를 풀었습니다! 이제 세 상아탑은 다시 탑주의 제어하에 움직입니다!"

왕방울처럼 커진 눈이 껌뻑껌뻑 눈꺼풀을 닫았다 연다. 한참 후에야 시한이 멍하니 물었다.

"…잠깐, 금제가 풀렸다고?"

"예!"

"그럼 지금 모투스, 자네가 백색 상아탑주인 건가?"

"저뿐만 아니라 하이어 체르보스와 이데알룬도 정식으로 탑주 자격을 얻었을 겁니다! 미리 등록은 해놓았으니까요!"

모투스의 지팡이가 흰색으로 찬란히 빛나고 있었다. 새로운 탑주로 임명됨에 따라 슈트란트의 백색 로드가 힘을 다하고, 대신 그 마법 중추가 모투스의 개인 지팡이로 옮겨간 것이었다.

틀림없었다.

정말로 모투스가 새로운 백색 상아탑주가 되었다!

'뭐야?'

시한은 혼란에 빠졌다. 모투스야 희열에 차 있었지만 시한은 그처럼 마냥 좋아할 수 없었다.

'정말 세 상아탑을 버릴 셈이었나? 그럼 뭐 하러 상아탑을

차지하려고 그렇게 공을 들인 거지? 아니면 이미 효용이 다해서 별 쓸모가 없었던 걸까?'

4대 상아탑은 볼일 끝났다고 미련 없이 포기할 만큼 가치가 낮지 않다. 물론 군대 조직 같은 게 아니니 상아탑에 속한 마기언이 탑주의 명령에 절대 복종하거나 하진 않지만, 그렇다 해도 영향력은 충분히 끼칠 수 있다.

'그런데 그걸 씹다 버린 껌처럼 미련 없이 내버려?'

원하던 걸 얻었음에도 불구하고 오히려 시한의 안색에 수심이 떠올랐다.

"…으, 이번엔 또 무슨 속셈인 거냐, 릴스타인?"

* * *

흑색과 청색의 두 상아탑이 이계구원자 손에 들어갔을 때, 릴스타인 왕국의 신하들은 크게 걱정하며 자신의 왕에게 고했다.

"어찌하면 좋으리까, 폐하?"

릴스타인은 오히려 반문했다.

"짐은 적색 상아탑주일 뿐이다. 도대체 두 상아탑이 짐과 무슨 상관이 있다고 그리 묻는가?"

과거의 친분 때문에 브륜딜과 트란덴이 상아탑주에 오를

때 도움을 준 것은 사실이다. 그리고 그 대가로 그들이 릴스타인의 일을 도와준 것도 사실이다.

"단지 그뿐."

세간에 오가는 억측과 달리, 그는 상아탑의 전통을 존중하며 결코 뒤에서 조종하거나 하지 않았다. 상아탑의 전통하에 마법을 익힌 자가 어찌 그럴 수 있겠는가?

"짐은 이계구원자와 같은 무도한 성품이 아니다. 충분히 전통을 존중하고 있노라."

이것이 릴스타인의 설명이었다.

이리 나오니 고위 마기언들은 혼란에 빠졌다.

듣고 보니 릴스타인의 말도 일리가 있었다. 아니, 일리가 있지 않으면 저 태도가 설명이 되지 않았다.

또한 그는 백색 상아탑에 주둔하던 병력도 모조리 본국으로 귀환시켰다.

"천 년의 역사를 지닌 백색 상아탑이 이계인의 손에 더럽혀지는 것은 참으로 슬픈 일이다. 하지만 소중한 병사들이 의미없는 싸움에 죽게 내버려 둘 수도 없지 않겠는가?"

이로써 이계구원자 성시한은 모든 걸 자기 뜻대로만 하는 폭군이 되었고, 릴스타인은 전통을 존중하면서도 백성을 아끼는 성군이 되었다.

세상의 반응에 흡족해하면서도, 동시에 릴스타인은 짜증을

냈다.

"언제까지 우민들의 평판에 신경을 써야 하는 건지, 원."

하지만 그것도 이제 얼마 남지 않았다.

그는 왕좌에 앉아 희미한 미소를 지었다.

"이제 7일 남았나."

오래도록 숙성시킨, 그토록 기다리고 기다리던 명주를 음미할 시간이 코앞으로 다가오고 있었다.

Chapter 5

수확의 시기

성시한의 군세가 백색 상아탑을 장악한 후, 사파란 왕국군도 바로 남하했다.

재정난으로 인한 신하들의 반발로 군사를 일으키기 힘들었던 브렌탈 국왕이었다. 하지만 적이 알아서 영토를 텅 비우고 후퇴해 버렸는데, 그냥 멀뚱멀뚱 보고만 있자고?

신하들 역시 이 경우엔 반박할 말이 없는 것이다.

릴스타인의 의중을 모르니 조심스레 움직였다. 세 개 군단을 모아, 혹여 함정이 있나 신중히 확인하며 과거 사파란 왕국의 것이었던 성과 도시를 하나하나 점령했다.

그리고 확신했다.

함정 따윈 없었다.

고작 7일 만에 사파란 왕국은 과거의 영토를 모조리 수복했다. 신중히 움직인 것치곤 너무 빠르게 진행된 셈이지만, 이번엔 경우가 달랐다.

일단 전투를 벌일 일이 없다. 적이 없으니까.

지리적, 기후적인 적응 기간도 필요 없다. 원래 자국 영토였으니까.

기존 주민들의 반발 역시 전혀 없다. 원래 자국민이었으니까.

군대가 이동해 도착하는 그 순간이 곧 점령 종료 시점인 것이다. 말 그대로 이동하는 시간만 소요될 뿐이니 7일이면 충분했다.

이 소식을 들은 성시한은 골머리를 앓았다.

"정말 싹 다 후퇴시킨 모양이네?"

현재 시한 일행은 백색 상아탑 인근에 임시 진지를 구축하고 군대를 머무르게 하고 있었다. 만약 사파란 왕국군이 역습이라도 당하면 발 빠르게 움직이기 위해서였다.

그러나 우려했던 일 따윈 일어나지 않았고, 결국 사파란 왕국은 과거의 영토를 전부 회복해 버렸다. 심지어 릴스타인 왕국과 인접한 국경 수비 요새까지 차지했다고 한다.

"그렇다고 기뻐할 마음 따윈 전혀 들지 않지만."

거저먹은 승리만큼 체하기 쉬운 것도 없다. 성시한은 테이블을 둘러보았다.

다른 일행들 역시 회의를 위해 중앙 막사에 모여 있었다.

"어떻게들 생각해요?"

바락이 혀를 차며 말했다.

"다른 건 몰라도, 릴스타인이 정말 철저하게 몸을 사리고 있다는 건 알겠다. 예전에도 조심성은 많았지만 이 정도는 아니었는데?"

지구인 소환을 이용해 테라노어 전체를 흔들어놓았음에도 정작 자신의 왕성을 떠난 적은 거의 없다. 딱 한 번, 사파란을 해치우기 위해 친정한 것이 전부다.

그 외엔 오로지 휘하 군대만을 이용해 전쟁을 벌였다. 과거의 행적과 비교하면 어울리지 않는 태도인 것이다.

"적어도 당시의 릴스타인은 직접 나서는 걸 꺼리는 성품이 아니었어요."

카렌도 혁명전쟁 시절을 떠올리며 첨언했다.

"마기언이니만큼 군대의 선두에 서지야 않았지만, 그래도 전투를 직접 조율하는 경우는 많았죠. 이렇게까지 자신은 숨어 있고 부하들만 움직이진 않았어요."

제논이 손을 들며 발언했다.

"단순히 지금은 왕이기 때문이 아닐까요? 십 년 전에야 혁명군 사령관이었으니 그럴 법하지만 일국의 왕이 자기 멋대로 움직이는 것도 사실 바람직한 태도는 아니잖습니까?"

제논은 질문하다 말고 아차 싶어 카렌의 눈치를 보았다. 생각해 보니 바로 옆자리에 '자기 멋대로 움직이고 있는' 교국의 교황님이 계셨다.

"아니, 카렌 님이 바람직하지 않다는 건 아니고요……."

카렌이 빙그레 웃으며 고개를 저었다.

"괜찮아요, 제논 군. 틀린 말 한 건 아니니까요."

체스에서 킹이 쓰러지면 즉시 게임이 끝난다. 일국의 왕은 함부로 움직여선 안 되는 것이다.

실제로 과거 광제 루스타나드도 어지간해선 황성 루스클라니움을 벗어나지 않았다. 릴스타인 입장에서는 과하게 몸을 사리고 있다고 할 수만도 없다.

"릴스타인은 합리적인 성격이었죠. 단순히 필요 없으니 움직이지 않고 있을 가능성도 높아요."

성시한이 한숨을 내쉬었다.

"이유야 어찌 되었든, 문제는 워낙 움직이질 않으니 기회를 잡을 수가 없다는 거야."

알리타가 의아해하며 물었다.

"저기, 어째서 암살 시도 같은 건 염두에 두지 않는 건가요?"

그녀는 과거 성시한이 레비나와 함께 황성 루스클라니움을 왈칵 뒤집어놓았다는 걸 알고 있는 것이다.

레비나는 이제 없지만, 대신 시한의 실력이 꽤 늘었고 릴스타인의 왕궁도 루스클라니움에 비하면 규모가 많이 작다.

"충분히 가능성이 있을 것 같은데……."

시한이 쓴웃음을 지었다.

"결국 실패했잖아, 그때도."

"그래도 시도 정도는 해볼 법하잖아요? 시한 정도면 실패해도 제 한 몸 빼내긴 충분하지 않나요?"

알리타의 질문에 답한 것은 카렌이었다.

"못 빼낼걸요. 그렇죠, 시한?"

"응."

알리타는 잠시 놀랐다.

성시한도, 카렌도 릴스타인에게 쳐들어가면 몸 성히 나오지 못할 거라 확신하고 있는 것이다. 십 년 전의 광제보다도 오히려 더 높이 평가하고 있다는 소리다.

"그 정도예요?"

시한이 한 번 더 단호하게 대꾸했다.

"응."

광제 루스타나드는 무지막지한 권능을 지닌 이계소환술사였다. 솔직히 일대일 대결에선 지금의 성시한도 승리를 장담

할 수만은 없었다.

그런데 과연, 현재의 릴스타인이 과거의 광제만 못할까?

"솔직히 생각해 봐, 릴스타인이 이계소환술을 못 쓸 것 같아?"

루스클란 혈족 중 가장 강력한 이계소환술사였던 광제가 그 고생해서 간신히 성시한 한 명을 소환하는 데 성공했다.

반면 릴스타인은 수백 단위로 지구인을 펑펑 소환하고 있다.

"지구인도 저렇게 마음대로 부르는데 이계의 마물이야 간단하겠지."

이계소환술을 써버리면 평판에 심각한 문제가 생길 테니 이제껏 드러내지 않은 것은 충분히 이해가 간다. 어차피 지구인만으로도 전력은 충분했을 테고.

"하지만 제 목숨이 위험해지면 안 쓸 리가 없잖아?"

심지어 릴스타인은 플로어 마스터, 마법의 극한에 다다른 자다.

사파란의 사례도 있듯, 마기언이 자신의 영역 내에서 미리 준비해 둔 비술을 모조리 사용할 수 있다면 정말 악몽 같은 위력을 발휘하는 것이다.

"상황도 그때와는 달라."

당시 광제의 암살을 노릴 때는 운 좋게도 기회가 왔었다.

무신급 소드하이어였던 론다르크 장군이 출타 중이었고, 루스클란 육호장도 한 명 빼곤 전부 외지로 나가 있었다.

덕분에 레비나와 둘이서 어떻게든 황성에 침투할 수 있었다.

반면 지금은?

"아무리 나라도 초인급이 60명 넘게 득시글거리는 곳에서 살아남을 자신은 전혀 없어. 물론 상대가 방심해 주면 어떻게 기회가 올 수 있을지도 모르지만……."

시한은 말하다 말고 말미를 흐렸다.

그토록 조심성 많던 릴스타인이 자기 성에 틀어박혀 있다는 이유로 방심할 거라 여기는 건 너무 낙관적인 처사다.

카렌 역시 같은 의견이었다.

"릴스타인은 시한을 잘 알고 있어요. 암살 시도를 대비하고 있지 않을 리가 없죠."

그녀가 테라노어 전도를 가리키며 말했다.

"암살은 불가능해요. 어떻게든 밖으로 끌어내야 합니다."

대규모 전쟁으로 승부를 보는 수밖에 없다. 전장이라면 릴스타인의 장점 중 많은 부분이 사라지니 틈을 노릴 기회는 그때뿐이다.

"릴스타인의 속셈이 뭔지는 모르겠지만, 현 상황은 우리에게 꽤 유리해졌어요."

사파란 왕국의 남부를 수복했다. 카곤 시티 역시 이나시우스 교국의 영향력하에 들어왔다.

"북과 동, 양쪽에서 동시에 밀어붙일 수 있게 되었죠."

저 사실은 단순한 양동작전 이상의 의미를 지닌다.

현재 크림슨 나이츠는 릴스타인이 친정을 해야만 제 위력을 발휘할 수 있다. 예전처럼 간접적으로 부릴 수가 없다.

"즉, 북쪽과 동쪽 중 한쪽에만 크림슨 나이츠가 출현한다는 의미죠. 릴스타인이 아무리 엄청난 능력을 지니고 있다 해도 틀림없이 몸은 하나이니까요."

적어도 한쪽은 밀어붙여서 전황을 복잡하게 꼬아버릴 수 있는 것이다.

그 복잡한 전황 속에서 성시한과 카렌만 빠르게 움직이며 기회를 노려 릴스타인과 단독으로 마주하는 것.

"현재로선 이것이 가장 가능성 높은 승리이겠네요."

차가운 미소와 함께 카렌이 말을 맺었다.

"필요가 없어 움직이지 않는다면, 움직일 필요를 만들어줘야죠."

일행은 납득했다는 표정을 지었다. 카렌의 전략에 동의한다는 의미였다.

반면 성시한은 여전히 미심쩍다는 얼굴이었다. 알리타가 물었다.

“뭔가 걸리는 게 있나요, 시한?”

“아, 뭐, 꼭 그런 건 아닌데…….”

카렌의 의견에 흠을 잡을 만큼 시한의 전술학 수준은 높지 않았다. 그래서 여태 얌전히 듣고만 있었다.

하지만 듣다 보니 영 거슬리는 부분이 있다.

“아까 필요를 못 느껴서 움직이지 않는 거라고 했잖아?”

전략이나 전술과는 전혀 상관없는 부분.

“그게 정말 우리가 아는 릴스타인이던가? 카렌이 생각하기에 그 녀석이 그런 성격이었어?”

그러자 카렌의 안색도 변했다.

시한이 무슨 말을 하려는지 알 것 같았다.

“확실히… 좀 다르긴 하네요.”

그들의 옛 친구는 분명 필요하면 움직이는 성격이었다. 하지만 필요 없다고 움직이지 않는 성격인 것만도 아니었다.

“릴스타인의 행동에는 항상 당위성이 있었어. 물러서든 나아가든, 아니면 머물러 있든.”

만약 그가 꼼짝도 하지 않는다면 그것은 움직일 이유가 없어서가 아니다.

“움직여선 안 될 이유가 있어서…….”

비슷해 보이지만 명백히 다른 의미였다.

“뭔가를 기다리고 있는 걸까요?”

"모르지, 그래도 한 가지는 확실해."

심각한 얼굴로 성시한이 중얼거렸다.

"더 이상 그 녀석에게 시간을 주면 안 돼."

릴스타인이 뭘 기다리고 있는지는 모르겠지만…….

"그 전에 끝내 버려야 해."

*　　　　*　　　　*

"끝났다."

릴스타인은 흐뭇한 미소를 지었다.

적색 상아탑 최상층에 펼쳐진 마법진이 명멸하고 있었다. 눈부신 빛이 회심의 미소를 지은 그의 얼굴을 연신 비췄다.

많은 손해를 감수하며 여기까지 왔다.

이를 위해 기껏 손에 넣은 세 상아탑도 그냥 버렸다.

'아마 시한 녀석은 그 이유를 몰라 고민하고 있겠지.'

그가 4대 상아탑을 장악하려 한 이유는 어디까지나 루스클란 제국 황제의 권리, 고대 유적 '왕의 심장'의 기밀 접근 권한을 얻기 위함이었다.

백색 상아탑을 손에 넣기 전까진 아무리 노력해도 내장된 정보의 일부밖에 습득하지 못했다. 극비로 취급된 기밀들은 오직 대제의 후손, 역대 제국 황제에게만 허락된 것이었다.

'광제 시절쯤 되니 아예 저 사실 자체가 전승되지 않아 아무도 유적의 존재를 몰랐지만.'

정작 중요한 것은 모조리 잊고서, 엉뚱하게 해석한 경고문만을 손에 쥔 채 성시한을 소환해 버린 광제의 어리석음을 생각하니 새삼 웃음이 나온다.

저 기밀 접근 자격을 얻기 위해 백색 상아탑까지 복속시킨 다음, 황제의 계엄령을 발동해 4대 상아탑을 모조리 제어하에 넣었다.

성시한은 그가 상아탑 전체를 지배하기 위해 저런 짓을 했다고 여겼겠지만 사실은 좀 달랐다.

저 계엄령 자체가 목표였다.

계엄령을 발동함으로써 발동권자인 릴스타인이 '제국 황제의 권한'을 지니고 있다는 사실을 고대 유적에 입력시키는 것이다. 선과 후가 뒤바뀐 셈이지만, 그 정도 오차는 마법으로 충분히 메울 수 있다.

그렇게 접근 자격을 손에 넣고 유적의 수정탑에서 필요한 정보를 모조리 빼냈다. 원하는 것을 손에 넣었으니 더 이상 4대 상아탑은 필요치 않았다.

정확히 말하면, 적색 상아탑을 제외한 세 상아탑은 이제 별 가치가 없었다. 성시한이 차지하든 말든 상관이 없는 것이다.

'물론 아주 쓸모가 없는 건 아니니 되도록 빼앗기지 않는

게 좋았겠지만…….'

목적을 달성했다 해도 세 상아탑은 그 자체로 효용도가 많다. 릴스타인도 상황이 허락했다면 계속 손에 쥐고 있었을 것이다.

방법이 없는 것도 아니다.

계엄령을 재해석해 새로운 금제 술식을 입력시켜 놓으면 백색 상아탑까지 빼앗긴다 해도 탑의 제어권은 무사했을 것이다.

사파란이 죽은 지금, 그의 술식을 해제할 정도로 수준 높은 마기언은 현 테라노어에 존재치 않았다. 자신의 마법에 그 정도 자부심은 있었다.

그럼에도 미련 없이 포기했다.

"성시한, 그 녀석이라면 그냥 부숴 버릴 가능성도 있거든."

정말 시한이 상아탑을 부숴 버릴 경우에도 결과가 나쁘진 않을 것이다.

마기언들의 반발이 클 테고, 여론도 안 좋아지겠지. 이계구원자에 대한 신뢰도 깎이고 사국동맹의 결집력도 약화되리라.

그래도 4대 상아탑은 되도록 건재한 상태로 존재해 주는 것이 좋다. 그래야 추후 테라노어를 지배할 때 여러모로 편하다.

그래서 그냥 넘겨줘 버렸다.

자기 것이 되면 알뜰살뜰 잘 관리하고 있을 테니까.

'일단 차지하고 있어라, 시한. 나중에 다시 돌려받을 테니까.'

어리둥절하고 있을 옛 친구를 떠올리며 그는 한 번 더 웃었다.

십 년 전이나, 지금이나 사람들은 그의 행보를 이해하지 못했다. 도대체 왜 저런 선택을 하는지, 대체 그 선택의 어디가 합리적인지 의아해했다.

그는 언제나 합리적이었다.

단지 그 합리의 기준이 다른 사람들과 달랐을 뿐이다.

'필요할 때, 필요한 것을, 필요한 만큼 손에 넣는다. 그것으로 족하다.'

당장 필요치 않음에도 불구하고 만일을 대비해 일단 손에 넣고 본다?

물론 이것도 미래를 대비하는 좋은 선택이긴 하다. 하지만 손에 쥔 것이 많으면 많을수록 그만큼 심력을 소모해야 한다.

대비하고, 관리하고, 신경을 써야 하니까.

'인간의 정신력이나 집중력은 무한하지 않지.'

보다 많은 분야에 신경을 쓸수록 하나에 쏠리는 집중력은 약해지며, 그만큼 허점이 생기고 손실이 있게 마련이다.

우선순위를 정해야 하고, 불필요한 것은 배제하며, 순서대로 차근차근 일을 진행한다.

불필요하다 여겨 버린 것이 다시 필요해졌다면 그때 다시 손에 넣으면 그만이다. 이는 쓸데없이 시간 낭비를 한 것이 아니다. 소중한 집중력과 정신력을 아낀 결과일 뿐.

“그럼 마무리를 지어볼까.”

릴스타인이 천천히 마법진 앞으로 걸어갔다.

허공에 뜬 적룡의 망토와 연결된 다섯 개의 관, 그곳을 향해 양손을 뻗고 마력을 끌어올린다.

웅웅웅웅!

가공할 마력의 폭풍이 그를 중심으로 휘몰아쳤다. 인간의 한계를 아득히 넘어선 마력이었다.

릴스타인은 마력을 계산하며 만족했다.

‘충분하군.’

무릇 인간으로 태어난 자는 결코 이런 마력을 내재할 수 없다. 설사 두 세계를 넘나든 이계의 초인이라 할지라도!

“눈을 떠라, 나의 충성스러운 기사들아!”

그 압도적인 권능에 의해, 관 속의 다섯 사내가 눈을 떴다.

“후우우…….”

“하아아…….”

호흡을 내뱉으며 벌거벗은 사내들이 두 발로 섰다. 하나같이 장신에 전신이 탄탄한 근육으로 덮인, 무인의 이상형에 가까운 육체를 지닌 자들이었다.

인종은 다양했다. 네칸 인종의 검은 피부를 지닌 이가 두 명, 슬로커스와 브리안의 혼혈로 보이는 백인이 두 명, 그리고 라한 인종 특유의 붉은 피부를 지닌 사내가 한 명이었다.

다섯 사내가 주위를 두리번거리더니 릴스타인을 발견했다.

이내 그의 앞으로 걸어와 일제히 부복한다. 무릎을 꿇고 가슴에 오른손을 올리는, 철저히 테라노어의 예법에 충실한 동작이었다.

사내들이 일제히 외쳤다.

"명령을 내리소서, 나의 왕이시여!"

지구의 언어가 아니었다. 테라노어의 아스틴 어였다.

릴스타인은 고개를 끄덕였다.

준비는 끝났다.

모든 것이 완벽했다.

"자, 그럼 오랜 친구를 만나러 가볼까?"

*　　　*　　　*

성시한은 카렌에게 요구했다.

"교국을 움직여 줘."

카곤 시티에 주둔 중인 이나시우스 교국군을 바로 릴스타인 왕국으로 침공시키라는 요구였다.

그녀는 난색을 표했다.

"아직은 때가 이른데요, 시한."

카곤 시티 주둔군은 체재가 완전히 정비된 것이 아니었다. 보급도 병력도 모자랐다. 지금 시점에서 바로 릴스타인 왕국에 침공을 개시하면 오히려 패할 가능성도 있었다.

최소한 크림슨 나이츠나 릴스타인은 끌어내야지, 왕국 수비대조차 뚫지 못한다면 침공의 의미가 없지 않은가?

"나도 그건 알아. 하지만 더 이상 늦장을 부리는 건 곤란해."

릴스타인이 뭔가를 기다리고 있다면, 그것이 완성되기 전에 바로 쳐야 한다.

카렌 역시 그 의견에는 찬성이었다. 고민 끝에 그녀는 이나시우스 교국으로 전갈을 보낼 준비를 했다. 지금 당장 움직여 릴스타인 왕국 국경을 압박하라는 내용이었다.

하지만 전령은 채 출발하지도 못했다.

그 전에 새로운 소식을 지닌 사파란 왕국의 전령이 먼저 백색 상아탑에 도착한 것이다.

"릴스타인 왕국이 움직였습니다!"

바로 어제, 릴스타인의 친정이 발표되었다는 소식이었다.

완전히 군대 제어권을 되찾은 그는 무려 15,000이라는 대군을 이끌고 사파란 왕국 국경으로 출진한 후였다. 60여 명에 달하는 크림슨 나이츠 역시 모조리 끌고 나왔다고 했다.

그야말로 총력전.

시한이 혀를 찼다.

"젠장, 이미 늦었나?"

*　　　*　　　*

사파란 왕국 최남단의 화이트 시타델.

왕국 남부의 주요 교역로에 위치한 이 국경 요새는 한때 릴스타인 왕국에 빼앗겼다가 다시 사파란 왕국군 2군단에 의해 수복된 곳이었다.

2군단은 겨우 되찾은 요새에서 필사적으로 전투에 임하고 있었다.

"화살! 화살을 쏴라!"

"물러서지 마라!"

"성벽을 지켜!"

몰려오는 적군을 향해 창칼을 휘두르고, 화살을 쏘고, 돌을 던지고, 끓는 기름을 붓는다. 2군단의 용맹한 병사들은 결코 물러나지 않고 성벽을 사수하는 중이었다.

그러나 2군단 사령관, 하이어 미켈은 시종일관 어두운 표정이었다.

'승산이 없어…….'

화이트 시타델의 높은 성벽 너머, 숲과 들판이 혼재한 평원 위로 대규모 군세가 진을 치고 있다. 적색의 릴스타인이 직접 끌고 온 15,000의 군세였다.

2군단의 병력은 고작해야 3,000, 일단 전력 대비만으로도 불리하다. 비록 요새라는 지형적 이점이 있긴 하지만, 그걸 감안해도 다섯 배라는 전력 차는 쉽게 줄일 수 있는 것이 아니다.

게다가 저쪽에는 테라노어 최강의 마기언과 자그마치 60여 명이나 되는 초인급 소드하이어가 존재하는 것이다!

저 압도적인 무력이 밀고 들어오면 이까짓 국경의 요새 따윈 수수깡으로 만든 성이나 다름없었다. 파도에 휩쓸린 모래성처럼 삽시간에 녹아내리리라.

그럼에도 2군단은 아직 버티고 있었다.

딱히 2군단이 특별히 용맹하고 투지가 드높거나, 혹은 지휘관이 뛰어난 전략 전술을 펼치고 있어서는 아니었다.

그냥 릴스타인이 봐주고 있을 뿐이다.

현재 화이트 시타델을 공략하는 릴스타인 왕국군은 고작해야 병사 1,000 정도에 불과했다. 크림슨 나이츠, 초인급 전력 역시 달랑 다섯 기만 전투에 투입시켰다. 대다수의 전력은 구축해 놓은 진지에서 떠나지도 않았다.

'우리들을 상대론 전력을 다할 필요도 없다 이거지…….'

무시당했다고 분노할 이유는 없었다. 실제로 저것만으로도 충분했으니까.

고작 1,000여 명의 적군을 상대로 2군단은 힘겹게 성을 지키고 있었다. 선두로 나선 다섯 명의 크림슨 나이츠만으로도 감당키가 벅찼다.

지금도 성벽 곳곳에서 아우성이 들려온다.

"크, 크림슨 나이츠다!"

"막아!"

"젠장! 무슨 수로 초인급을 막으라고?"

"그, 그 약 있잖아!"

미친 듯이 날뛰는 크림슨 나이츠를 상대로 2군단의 소드하이어들이 취할 수 있는 방법은 하나뿐이었다.

이계구원자 성시한에게서 받은 크림슨 나이츠 제어 시약.

물론 성시한은 이 시약을 전해주며 미리 언급해 두었다.

'이건 릴스타인이 친정할 경우엔 통하지 않을 겁니다. 그러니 전황을 보고 그가 없을 경우에만 사용하세요.'

그래도 사용하지 않을 수 없었다.

어차피 아무런 대책도 없는 상황이었다. 그나마 가진 유일한 희망에 매달리는 것이 무슨 잘못일까? 혹시나 성시한의 말과 달리 효과가 있을지도 모르잖아?

물론 세상일 대부분은 혹시나가 역시나인 법이다.

“크아아아!”

크림슨 나이츠가 포효를 터뜨리며 투기강을 길게 휘둘러 성벽 위를 쓸었다. 방금 갑옷 위에 붉은 시약이 묻은 그 크림슨 나이츠였다. 성시한의 언급대로 전혀 효과가 없는 것이다.

“으아아아아!”

사방에서 비명이 터지며 잘린 팔다리가 흩날렸다. 붉은 피 안개가 성벽 위로 가득 피어올랐다. 처참한 살육이 이어지고 이어졌다.

하이어 미켈은 전황을 살피며 고뇌했다.

‘항복해야 하나…….’

동원된 크림슨 나이츠가 다섯 명뿐이라 아직 성벽이 뚫리진 않았지만, 이대로라면 점령은 시간문제였다. 도저히 대처할 방법이 떠오르지 않았다.

더 이상 싸워봐야 승산은 없다. 아군의 피해를 줄이기 위해선 분루를 삼키며 백기를 들어야 한다.

‘하지만 기사 된 몸으로 어찌 적에게 무릎 꿇는단 말인가…….’

이는 기사도에 어긋나는 행위였다. 그리고 대부분의 기사가 그렇듯, 그 역시 항복보다는 죽음을 명예롭게 여기는 이였다.

사람의 목숨보다 중한 것이 세상에 어디 있느냐는 건 어디까지나 21세기 지구의 사고방식이다. 하이어 미켈이 사람 목숨을 가볍게 여기는 이는 아니었지만, 쉽게 결정할 수 있는 문제도 아닌 것이다.

그렇게 갈등하던 때였다.

크림슨 나이츠와 1,000여 명의 적병이 공성을 멈추고 물러나기 시작했다.

"놈들이 후퇴한다!"

"적군이 물러난다!"

"버, 버텼다!"

희열에 찬 2군단 병사들의 목소리가 들렸다. 하이어 미켈의 안색이 더더욱 굳었다.

'이건 버틴 게 아니지.'

워낙 시기적절하게 물러난 덕분에 릴스타인 왕국군의 피해는 거의 없었다. 반면 2군단은 사상자의 숫자가 1,000에 육박한다.

그저 아군의 피해를 줄이기 위해 잠깐 공세의 고삐를 늦춘 것일 뿐이다.

과연 잠시 후 거대한 목소리가 화이트 시타델을 때렸다.

"2군단의 용맹한 이들이여."

그 목소리는 적군 진지 5미터 상공에서 들려오고 있었다.

붉은 로브를 걸친 흑발의 사내가 팔짱을 낀 채 요새를 오시하며 바라본다. 평범한, 아니 얼핏 보면 여인으로 착각할 왜소한 체구임에도 마치 신화 속의 신들처럼 거대한 존재감을 발한다.

적색의 릴스타인이 미소를 머금은 채 말을 이었다.

"그대들의 용기는 충분히 증명되었다. 이제 항복하여 소중한 목숨을 보존토록 하라."

마력을 담은 음성이 화이트 시타델 전체를 진동시킨다. 병사들의 표정에 공포가 떠올랐다.

하이어 미켈이 이를 악물며 마주 고함을 질렀다.

"어림없는 소리! 죽더라도 이곳에서 죽겠다!"

이어서 다른 소드하이어들도 투기를 끌어올렸다. 결사 항전을 표방하며 주눅 든 2군단 병사들을 독려한다.

"우리는 물러서지 않는다!"

"용기를 가져라!"

눈앞의 전황만 보면 분명 승산이 없다. 하지만 희망이 없는 것은 아니다.

"이제 곧 이계구원자께서 오실 것이다!"

"용병왕 바락 님도 오신다!"

"무려 무신급 소드하이어가 둘이다! 이들만 버티면 이길 수 있다!"

침공이 확인되자마자 전령을 보냈다. 슬슬 백색 상아탑에 주둔 중인 성시한에게 전갈이 도착했을 터.

화이트 시타델과 백색 상아탑은 군대의 행군 속도로 사흘 정도 거리다. 강행군을 불사하면 이틀 안에 도착할 수 있다.

브렌탈 국왕 역시 가만있지는 않을 것이다. 달의 여교황, 카렌 이나시우스는 여전히 본국에 머무르고 있다고 알려져 있지만, 상황이 이리된 이상 움직이지 않을 리 없다.

"희망을 가져라!"

"우리는 패배하지 않는다!"

기사들의 독려에 병사들의 표정이 환해졌다. 공포와 불안감 역시 줄어들었다.

요란한 함성이 터져 나왔다.

"와아아아아!"

*　　　*　　　*

허공의 릴스타인이 천천히 지상으로 내려왔다. 백발의 노인이 재빨리 그에게 다가갔다.

홍룡기사단장이자 초인급 소드하이어, 엔다윈이었다.

"항복할 생각은 없는 것 같습니다, 폐하."

엔다윈은 화이트 시타델을 바라보며 아쉬운 표정을 지었다.

"비록 적이지만, 저런 기백 있는 기사들이 목숨을 잃는 것은 안타까운 일이군요."

릴스타인이 피식 웃었다.

"그렇다고 바로 항복했다면, 기사 주제에 기백도 없다며 경멸했을 것 아닌가?"

"그건 그렇습니다만……."

엔다윈이 머쓱해하며 물었다.

"마저 공격을 가하시겠습니까? 반나절 안에 저 요새는 다시 폐하의 것이 될 겁니다."

이미 방어선 곳곳이 붕괴되고 병력도 절반이나 잃은 2군단이었다. 현재의 화이트 시타델을 점령하는 데는 굳이 크림슨 나이츠나 릴스타인 본인이 나설 것도 없었다.

"정병 3,000을 허락하시면, 홍룡기사단이 폐하께 승리를 안기겠나이다."

"그것도 나쁘지는 않겠지만……."

진중한 엔다윈의 말에 릴스타인이 고개를 저었다.

"짐에겐 다른 생각이 있노라."

"어떤 생각이신지?"

문득 릴스타인의 표정에 장난기가 떠올랐다.

"그 녀석이 사파란 왕국을 수복할 때 재미있는 짓을 했더군."

굳이 설명하지 않아도, 엔다윈은 릴스타인이 말한 '그 녀석'이 누군지 잘 알고 있었다.

"그래서 오랜 친구에게 가벼운 장난을 보여줄 생각이다."

릴스타인이 손가락을 까닥였다.

"오거라."

그의 등 뒤에 서 있던 붉은 갑주의 기사들, 그중 하나가 앞으로 걸어 나왔다.

"예, 폐하."

아스틴 어로 대꾸하며 기사가 가슴에 손을 올리고 예를 갖췄다. 그 태도에 엔다윈은 살짝 위화감을 느꼈다.

'음?'

뭔가 다르다. 분명 크림슨 나이츠임에도 불구하고 인형 같던 다른 자들과 달리 확실히 행동에서 이지가 느껴진다.

'이자는 뭐지?'

엔다윈의 의문을 뒤로한 채 릴스타인은 걸음을 옮겼다. 이번엔 허공으로 날아오르지 않고 따로 부른 크림슨 나이츠와 함께 진지 앞쪽으로 향한다.

릴스타인이 화이트 시타델이 한눈에 들어오는 들판에 서서 목소리를 높였다.

"성문을 열어라."

마법으로 증폭된 음성이 요새 전체에 울려 퍼졌다.

"성문을 열고 항복하라."

기다렸다는 듯 우렁찬 고함이 들려왔다.

"웃기지 마라! 릴스타인! 사파란 폐하의 원수인 그대에게 우리가 무릎을 꿇을 것 같으냐!"

예상했던 반응이었다.

릴스타인이 비웃으며 양손을 들어 올렸다.

"내 부하들도 비슷한 기백을 보였지만 결국 무릎을 꿇더군. 그들을 탓할 수야 없겠지만."

눈부신 영기가 릴스타인의 어깨 위로 솟구쳤다. 동시에 뿜어진 마력으로 붉은 로브 자락이 거세게 펄럭였다.

얼마나 방대한 기운이었는지 소드하이어는 물론이고 마법에 문외한인 일반 병사조차도 그 힘을 느낄 수 있을 정도였다.

"크윽!"

"저, 저 인간이 무슨 짓을 하려고……."

성벽 위의 병사들이 벌벌 떨었다. 하이어 미켈의 안색도 굳었다.

'성문을 부술 셈인가……'

상대는 적색의 릴스타인, 테라노어 최강의 마기언이었다. 비록 화이트 시타델에 강력한 대마법 결계가 설치되어 있긴 하지만 플로어 마스터의 궁극 마법을 막을 수 있을 거란 기대는 전혀 되지 않았다.

"어차피 각오했던 일이다."

하이어 미켈은 이를 악물며 검을 움켜쥐었다.

성문이 부서질 걸 대비해 이미 이중 방어책을 설치해 놓았다. 그리 쉽게 뚫리진 않을 것이다.

그때 릴스타인 곁에 말없이 서 있던 적색 갑옷의 기사가 한 발 앞으로 나섰다.

태연하게 검을 뽑아 들더니, 투기를 끌어올린다.

우우우웅!

대기를 흔드는 굉음과 함께 푸른빛의 투기가 솟구쳤다. 이미 잘 알려진 용병왕의 패왕기였다.

그런데 여기서 한 번 더 변화가 일어났다.

푸른빛이 검푸른 심해의 광채로 변하더니, 이내 찬란한 금빛으로 바뀌어간다.

"…어?"

미켈은 당황해 눈을 크게 떴다. 저 빛은 초인급의 경지에선 결코 발할 수 없는 것이었다.

'무신급 소드하이어라고?!'

그뿐만이 아니었다. 적색 기사가 그대로 장검을 허공으로 띄웠다.

"무신기, 십이지검."

열두 자루 황금의 광검으로 분리되며 솟구쳤다. 익숙한 광경이었다. 하지만 저자의 손에서 구현되어서는 안 되는 광경이기도 했다.

"저, 저건?"

"말도 안 돼!"

요새 성벽을 지키고 있던 2군단 병사들이 크게 술렁였다. 그러는 동안에도 광검의 무리는 계속해 허공으로 날아오르고 있었다.

날아오르고, 응집되어 서로 합쳐지며 거대한 황금의 태양이 된다.

"무신기, 무극천광."

하이어 미켈의 손이 풀렸다. 쥐고 있던 장검이 돌바닥에 떨어져 쇳소리를 냈다.

"…이계구원자의 무신기……."

릴스타인이 무슨 짓을 하려는 것인지 알 것 같았다. 이는 예전 사파란 왕국을 수복할 때, 이계구원자 성시한이 한 번 연출했던 상황인 것이다.

심지어 그때와 대사조차도 완전히 같다! 아주 대놓고 노린 셈이다!

'맙소사! 그렇다면 저자는 이계구원자와 동급이란 말인가?!'

성벽 위의 누군가가 고함을 질렀다.

"도망가!"

"전원 대피하라!"

병사들이 우르르 물러나기 시작했다. 너무 다급한 나머지 그 높은 성벽에서 그냥 뛰어내리는 이들도 있었다. 당연히 다리가 부러졌지만 아픔조차 못 느낀 채 두 손으로 계속 기어간다.

"으아아아!"

화이트 시타델을 향해 릴스타인이 손을 뻗었다.

"가만있자, 시한 녀석이 썼던 마법이 이거였던가?"

마치 숨 쉬는 것처럼, 성시한보다 훨씬 빠르게 마법 발동을 끝마친다. 순식간에 거대한 파괴의 빛이 오른손 가득 명멸한다.

"아케인 퍼니시먼트."

거대한 섬광이 대기를 갈랐다.

동시에 하늘의 태양도 떨어졌다.

콰아아아앙!

폭음과 광풍이 세상을 뒤덮었다. 폭연이 하늘 끝까지 치솟으며 파괴의 뭉게구름을 한껏 피워냈다. 사방으로 파편이 날리고 충격파가 요새 전체를 뒤흔들었다.

극심한 진동 속에서 하이어 미켈은 애써 쓰러지지 않고 버텼다.

잠시 후, 폭발이 가라앉았다. 두려움 속에서 그는 주위를 둘러보았다.

멀쩡한 성문, 그 좌우로 연결되어 있던 두꺼운 성벽이 모래성처럼 허물어져 있었다.

과거 성시한이 벌인 짓과 완전히 같았다. 어디까지나 스스로 성문을 열고 항복하도록, 일부러 성문만을 남기고 주위를 초토화시켰다.

이미 짐작했음에도 막상 두 눈으로 보니 극심한 공포와 절망이 밀려온다.

"아아……."

성벽 위의 기사들도 신음했다. 왜 당시 릴스타인의 기사들이 그리 맥없이 성문을 열었는지 절실히 실감할 수 있었다.

릴스타인의 목소리가 이어졌다. 심령을 제압하는 듯한 차가운 음성이 기사들의 귓가를 때렸다.

"문 열어."

더 이상 기사도 따윈 남아 있지 않았다.

끼이이익…….

좌절과 절망 속에서 화이트 시타델의 성문이 활짝 열렸다.

릴스타인은 손을 내리며 히죽 웃었다.

"이런 짓을 떠올리다니, 시한도 은근히 악취미라니까?"

*　　　*　　　*

백색 상아탑에 긴급한 전갈을 가진 전령이 도착했다.

"화이트 시타델이 함락되었습니다!"

그리고 조금 늦게 또 한 명의 전령도 나타났다.

"화이트 시타델이 공격당했습니다!"

웃기는 상황이었다. 분명히 먼저 출발했을 침공 소식을 지닌 전령보다 함락 소식을 지닌 전령이 먼저 도착한 것이다.

있을 수 없는 일은 아니다.

전령들끼리 체력이나 주력이 완전히 같은 것도 아니고, 이동 도중 여러 변수로 인해 속도 차이는 조금씩 날 수밖에 없다. 게다가 아무래도 침공 소식보단 함락 소식 쪽이 전달하는 입장에서 훨씬 다급할 테니, 반나절 정도의 시간 차는 충분히 있을 수 있는 일이다.

이는 곧, 화이트 시타델이 채 반나절도 제대로 못 버텼다는 의미였다. 하지만 시한 일행은 그 사실에 놀라지 않았다.

이미 경악할 일은 충분히 많았으니까.

"무신급 소드하이어라고요?"

"그것도 십이지검에 무극천광?"

알리타와 제논이 믿을 수 없다는 듯 뇌까렸다. 전령의 정신 상태를 의심해 카렌이 신성술로 검사해 보기까지 했다.

전령은 틀림없이 제정신이었고, 그가 들고 온 소식 역시 진실이었다.

시한이 연신 눈을 껌뻑이며 중얼거렸다.

“지구인을 무신급까지도 끌어올릴 수 있었나?”

바락도 고개를 갸웃거렸다.

“이해할 수 없구나. 초인급까지야 가능하겠지만 그 이상은 불가능할 텐데?”

이들은 이미 이 문제에 대해 논의한 적이 있었다.

릴스타인이 지구인을 이용해 초인급을 펑펑 양산해 내는 시점에서, 어쩌면 무신급 소드하이어마저 양산이 가능할 수 있다고 추측하는 건 그리 어려운 일이 아니다.

하지만 결론은 불가능이었다.

과연 이성 없는 인형들이 오를 수 있는 소드하이어의 경지가 어디까지일까? 단순히 지식과 경험을 ‘이식’하는 것만으로 어디까지 가능할까?

성시한이라는 샘플이 있으니만큼 꽤나 정확한 예측이 가능했다.

투기강이나 투기진까진 가능하겠지만, 그 이상은 무리다.

지구인이라는 특성 덕분에 과거의 성시한은 테라노어의 무인들이 겪는 통찰이나 고찰 없이도 초인급의 경지까지 올랐다. 투기진 역시 아는 게 쥐뿔도 없음에도 불구하고 그럭저럭 베껴서 사용하는 것이 가능했다.

하지만 따라 하기의 한계는 딱 거기까지였다.

그 이후부터는 노력을 해야 했다.

"허어, 무신급의 경지는 투기 흐름 좀 베낀다고 가능한 것이 아니거늘."

바락이 성시한을 바라보며 중얼거렸다. 따라 할 줄밖에 모르는 원숭이라며 허구한 날 구박하곤 했지만, 시한을 전혀 인정하지 않는 것은 아니었다.

성시한이라고 깨달음 하나 없이 저 경지에 오르진 않았다. 나름대로는 혹독한 수행과 통찰을 통해 얻은 결과물인 것이다.

"저 녀석이 마냥 바보는 아니다. 그저 제 수준에 맞지 않는 실력을 가지고 있을 뿐이지."

현재 시한의 깨달음은 족히 달인급 소드하이어 수준은 된다. 지구인이다 보니 그 수준으로도 무신급의 힘을 쓸 수 있을 뿐이다.

그런데 이지가 마비된 크림슨 나이츠를 무신급으로 만들다니?

"이성이 없는데, 무슨 수로 깨달음이 생긴단 말이냐?"

바락의 의문에 제논이 의견을 냈다.

"혹시 지구인 중 몇몇은 정신 지배를 풀고 따로 세뇌시킨 걸까요?"

이성을 완전히 마비시키지 않고, 현혹술 수준으로 낮춰서 충성심만 높이며 스스로 사고하게 만든다면 충분히 가능성은 있다.

"그것도 불가능하지야 않겠지만……."

제논의 말에 시한이 고개를 저었다.

"릴스타인이 그런 위험한 짓을 했을 것 같지는 않은데?"

정신 지배와 달리 세뇌는 외부의 자극에 의해 풀릴 위험을 내재하고 있다.

테라노어인이라면, 태어날 때부터 테라노어의 문화와 사상에 길들여진 이라면 현혹과 세뇌를 통해 굳건한 충성심을 심어줄 수도 있으리라.

하지만 지구인에게 그런 짓이 가능할까?

생판 모르는 놈에 의해 생판 모르는 세상에 떨어졌는데, 그 놈이 좀 잘 대해준다고 마냥 믿고 따를까?

알리타가 발언했다.

"의외로 그럴 수도 있지 않을까요. 지구인이라고 딱히 테라노어인보다 현명하거나 사고가 깊은 건 아닌 것 같던데."

"그건 그렇지… 음?"

시한은 무심코 고개를 끄덕이다 묘한 표정을 지었다.

알리타가 아는 지구인이 많을 리 없었다. 아니, 솔직히 말하면 딱 한 명뿐일 것이다.

"잠깐? 지금 내가 멍청하다고 말하고 싶은 거야?"

"아, 뭐……"

알리타가 딴청을 피웠다. 하지만 딱히 부인은 안 한다.

심지어 카렌도 동의하는 표정이었다.

"하긴 예전의 시한도 생판 모르는 '릴스타인'이란 놈이 좀 잘 대해준다고 마냥 믿고 따랐……."

"카렌이 그런 말 할 처지야? 그 생판 모르던 인간들 중엔 카렌도 끼어 있었거든?"

시한은 투덜대며 관자놀이를 꾹꾹 눌렀다.

"하여튼 두 사람의 말도 일리는 있지만, 역시 릴스타인이 그렇게 위험한 다리를 건넜을 것 같진 않아."

단순히 과거의 이미지만을 염두에 둔 것이 아니다. 오히려 현재의 행보에 더 비중을 두고 내린 결론이었다.

지금의 릴스타인이, 확실한 제어 방법도 없이 지구인에게 저런 거대한 힘을 부여할 리는 절대 없다.

"뭔가 다른 수를 썼다는 건데……."

시한이 혀를 내두르며 말했다.

"나 참, 도대체 무슨 짓을 한 거야?"

알리타가 쓴웃음을 지으며 말을 받았다.

"어째 요즘 릴스타인 이야기만 하면 가장 많이 나오는 질문이 그거네요."

*　　　*　　　*

릴스타인은 요새 사령부의 창문을 통해 화이트 시타델의 정경을 바라보며 빙그레 웃었다.

"빙빙 돌아서 간신히 여기까지 왔군."

그의 등 뒤엔 붉은 갑주를 걸친 기사가 말없이 서 있었다. 화이트 시타델의 성벽을 무너뜨린 그 크림슨 나이츠였다.

그 광경을 지켜본 릴스타인 왕국군의 사기는 그야말로 하늘을 찌를 지경이었다.

60여 명의 초인급 소드하이어만으로도 이미 사기가 드높았는데, 거기에 무려 무신급 소드하이어라니?

심지어 사용한 무신기는 십이지검과 무극천광이었다.

전설의 영웅, 이계구원자의 무신기를 그대로 선보였다. 위력 역시 나무랄 데가 없었다. 이계구원자와 대적할 새로운 영웅의 탄생에 병사들은 승리를 확신하며 환호를 보냈다.

"용케 그 녀석 없이도 제대로 완성시켰어."

완성된 크림슨 나이츠의 기량은 흡족한 수준이었다. 불만이 있다면 너무 시간이 오래 걸렸다는 것뿐이었다.

"시한이 있었다면 이런 귀찮은 과정 따위 필요 없었을 텐데."

원래 계획은 이것이 아니었다.

이미 십 년 전에 무신급의 경지에 오른 성시한.

완성형인 그를 소환해 기본 소체로 삼았다면 다른 지구인들의 기량 역시 손쉽게 올릴 수 있었을 것이다. 지식이나 지혜는 물론, 경험이나 깨달음의 경지 역시 정신 연결을 통해 그대로 복제한다면 단기간에 경지를 높일 수 있다.

물론 100여 명의 지구인 전부를 무신급 소드하이어로 만들 순 없다. 무신급쯤 되면 초인급과 달리 필요한 지배력의 용량도 늘어난다. 아마 10여 명 남짓이 한계였겠지.

그렇다 해도 이계구원자가 10여 명이라면 세상에 두려울 것이 없다. 모든 것이 뜻대로 되었으리라.

하지만 이 야심 찬 계획은 시작하기도 전에 헝클어져 버렸다.

'설마 그 녀석이 이미 테라노어로 돌아와 있었을 줄은 상상도 하지 못했지.'

릴스타인은 당시 느꼈던 당혹감을 떠올리며 쓴웃음을 지었다.

기껏 농사지을 모든 준비를 끝마치고 씨만 뿌리면 되는데, 막상 그 씨앗이 없다는 걸 알아차린 농부의 심정이랄까?

긴급히 계획을 수정했다.

소환한 지구인들의 정신을 연결시키고, 그들의 경험과 전투

정보를 공유해 축적하는 거대한 무의식의 저장고를 만들었다. 과거 시한에게 들었던 한국의 아이디어가 도움이 되었다. 이걸로 그럭저럭 초인급 소드하이어까지의 양성은 가능해졌다.

그러나 이 방식만으로는 결코 무신급 소드하이어를 만들어낼 수 없었다.

무신급의 경지에 오르기 위해 필요한 깨달음, 그리고 그 깨달음을 얻기 위해 필요한 무인의 영혼.

이지를 잃은 인형은 결코 무인의 영혼을 가질 수 없다.

최소한 인간이어야 했다. 자유 의지 없이 오직 시키는 대로만 하는 노예일지언정, 적어도 자신의 의지로 명령에 따르는 수준은 되어야 했다.

즉, 정신 지배가 아니라 세뇌와 교육, 현혹술로 자연스러운 충성심을 끌어내 배신 따윈 생각도 하지 못하는 충실한 종으로 만들어야 한다는 소리인데…….

'불가능한 일은 아니지만, 하루아침에 되는 일도 아니지.'

상대가 테라노어인이라면 가능하다.

같은 사상과 문화와 무의식을 공유하는 인간이라면 어떤 식으로 세뇌하고, 어떤 식으로 현혹해야 하는지 릴스타인도 잘 알고 있다.

하지만 상대는 지구인이었다. 어떤 사상 속에서 어떤 삶을 살아왔는지, 무엇에 삶의 가치를 두는지 전혀 모르는 존재들이었다.

그 복잡한 정신세계를 일일이 분석해 자료화, 정보화한 뒤 검토와 연구를 통해 걸맞은 세뇌와 현혹 방식을 찾아낸다?

족히 수십 년은 걸릴 일이었다. 그렇게까지 할 여유는 없었다.

결국 결론은 하나였다.

테라노어인의 무의식을 담은 영혼, 그리고 지구인의 초감각을 지닌 육체.

이 둘을 합일시키는 방안이 필요하다.

뜬구름 잡는 헛소리처럼 보이지만 의외로 릴스타인은 자신이 예전부터 비슷한 실험을 해왔다는 걸 깨달았다.

지구와 연결되는 차원문을 열기 위해 이런저런 실험을 해왔다. 왕의 심장에 위치한 차원 균열, 그곳에서 흘러오는 미세한 지구 쪽 기운을 테라노어의 마수에 덮어씌워 차원 공명의 실마리를 찾으려 했다.

청색 상아탑에서 연구 중이던 이그니스 울프나 지룡 등이 그것이었다. 양쪽 세계에 애매하게 걸친 존재들로 일부는 지구의 특성을, 일부는 테라노어의 특성을 지닌 마수들이다.

원래는 지구로의 차원문을 열기 위한 기초 연구였기에, 지구의 차원 좌표를 찾는 데 성공한 뒤엔 접어두었던 프로젝트였다. 그러나 이는 분명 두 세계에 '걸친' 존재를 만드는 연구이기도 했다.

묻어둔 자료를 도로 꺼내 파고들었다. 그리고 완성된 '두 차원에 걸친 존재'가 있다면 그것을 바탕으로 같은 효과를 낼 수 있다는 결론을 얻었다.

다행히 테라노어엔 이미 그런 물건이 있었다.

과거 이계구원자의 삼신기 중 하나였던 적룡의 망토.

이는 이계 마물의 사체를 테라노어에 존재 고정시켜 이계의 존재에게도 테라노어의 마법을 통용시키는 기물인 것이다.

사파란은 망토에 사용된 술식을 따로 연구해 루스클란의 심장 가루 없이도 지구인에게 마법을 거는 방법을 찾았지만, 릴스타인은 두 차원에 걸쳤다는 부분에 더 중점을 두었다.

적룡의 망토를 이용해 엄선한 지구인의 육체에 엄선한 테라노어인의 영혼을 합일시켰다. 세뇌와 현혹을 통해 완벽하게 충성심을 끌어냈다고 확신한 이들의 영혼이었다. 최대한 변수를 없애기 위해 모든 기억을 지웠음은 물론이다.

"결국 목표치에는 맞출 수 있었지만……."

문득 릴스타인이 아쉬운 표정을 지었다.

원래는 좀 더 느긋하게 시간을 두고 최종적으로 12인의 무신급 소드하이어를 양성하려 했다. 저것이 현재 그의 지배력이 허락하는 한계 내의 최대치였다.

"이름도 근사하게 12사도라고 붙이려고 했거늘."

성시한이 갑자기 테라노어에 나타나고, 레비나와의 스캔들로 릴스타인의 권력이 크게 흔들리는 바람에 과정을 대폭 축소할 수밖에 없었다. 자칫하면 제시간을 못 맞추고 도중에 역습을 당할 수도 있었던 것이다.

결국 건진 건 다섯 명뿐.

"세상일 참 뜻대로 안 된단 말이지."

그러나 그는 이내 표정을 풀었다.

"뭐, 상관없나?"

이계구원자급의 절대 강자가 다섯 명이나 있다.

초인급 소드하이어도 60여 명이 넘어간다.

이것만으로도 테라노어의 그 무엇도 범접 못 할 절대적인 힘이다. 성시한이든 카렌이든 용병왕 바락이든, 그의 뜻에 반하는 모든 이들을 일거에 쓸어버릴 수 있겠지.

이미 전력은 충분하다 못해 넘치는 상태였다. 그동안 뿌린 씨앗은 실로 풍성한 열매를 맺었다.

"이제 수확할 일만 남았군."

*　　*　　*

릴스타인 왕국군은 질풍 같은 기세로 사파란 왕국 남부 대부분을 쓸어버리고 있었다. 사파란 왕국군은 아무것도 못 하고 그저 후퇴만을 계속할 뿐이었다. 완전히 항복한 2군단뿐 아니라 1군단과 3군단 역시 반 토막이 났다.

하지만 성시한과 휘하의 군대는 여전히 백색 상아탑에 머무르고 있었다.

이제 와서 저들을 구하겠다고 움직여 봐야 승산이 높지 않은 것이다. 그보단 차라리 백색 상아탑의 방어를 굳히고 패퇴한 사파란 왕국군을 흡수해 전력을 높이는 편이 낫다.

물론 이는 어디까지나, 릴스타인 왕국군이 백색 상아탑으로 쳐들어올 것이라는 확신이 있을 때의 이야기다.

카렌에겐 그런 확신이 있었다.

"어차피 릴스타인의 목표는 사파란 왕국이 아닐 테니까요."

성시한이 꺾이는 순간, 테라노어에 더 이상 릴스타인을 대적할 자는 남아 있지 않게 된다.

"젠장, 계속 휘둘리기만 하네."

뭘 좀 해보려고 하면 연신 선수를 빼앗긴다. 투덜대면서도 성시한은 열심히 대비책을 마련했다.

카렌이 교국 쪽, 성시한이 켈테론과 연락해 지시를 내렸다.

이나시우스 교국군과 라텐베르크 왕국군이 릴스타인 왕국 국경 쪽으로 진군을 개시했다. 릴스타인이 자리를 비운 수도 델스트로이를 노리는 것이었다.

"빈집털이 수법이 지금의 릴스타인에게 먹힐지는 의문이지만, 그래도 어느 정도 압박은 줄 수 있겠지."

브렌탈 국왕 역시 백호기사단을 비롯한 왕국의 정예를 모조리 이끌고 합류를 위해 백색 상아탑으로 행군 중이었다.

당장 동원할 수 있는 총 전력을 백색 상아탑으로 집결해, 북진하는 릴스타인 왕국군과 건곤일척의 승부를 벌이는 것.

이것이 시한 일행이 선택한 전략이었다.

"승산이 얼마나 될까, 카렌?"

보고서를 살펴보며 성시한이 근심 어린 표정으로 물었다. 카렌이 힘없이 웃었다.

"일단 병력으로만 보면 이쪽이 우위지만……."

소드하이어의 전력이 차이가 나도 너무 극심하게 난다. 하물며 이제 저쪽엔 무신급 소드하이어도 있다.

무슨 수로 무신급을 만들어냈는지는 더 이상 고민거리가 아니었다. 고민한다고 해답이 나오는 문제도 아니고, 어차피 현실이 바뀌지도 않는다.

"무신급 소드하이어가 나타났다는 건 틀림없는 현실이죠. 그런데 과연 몇 명일까요?"

"일단 밝혀진 건 한 명이지만……."

시한은 말미를 흐렸다. 한 명으로도 전황이 뒤집히는 큰 사건이었지만 저것이 전부라면 아직 희망은 있었다.

"문제는, 희망을 느낄 정도로 확실하지 않은 상태에서 릴스타인이 직접 나서진 않았을 것 같다는 거지."

무신급 소드하이어가 1명에 초인급이 60명이 넘는다면 이는 분명 압도적인 전력이다. 하지만 만일의 경우 허를 찔릴 가능성이 전혀 없는 것도 아니다.

"그렇게 몸 사리던 릴스타인이 당당하게 나섰지. 뭔가 더 있다는 소리잖아?"

어쩌면 두 명, 아니 세 명일지도 모른다.

만약 무신급 소드하이어가 세 명이라면 실로 끔찍한 일일 것이다. 적어도 정면 대결로는 절대 승산이 없다.

"희망은 카렌뿐이네."

릴스타인을 유인해 외통수로 몰고 카렌의 플레이그 블레스를 사용하는 것, 이것이 유일한 승리의 방책이었다.

성시한이 기원하듯 중얼거렸다.

"제발 두 명이었으면 좋겠는데."

무신급이 셋이라면, 그땐 카렌의 조력을 얻는다 해도 승산은 극히 희박해진다.

그때 알리타가 고개를 갸웃거렸다.

"혹시 그 이상이면요?"

네 명이면? 다섯 명이면? 열 명이면?

"이제까지의 행보를 보면 그 이상일 가능성도 염두에 두어야 할 것 같은데요?"

시한과 카렌이 씁쓸하게 웃었다. 두 사람이 저 사실을 몰라서 이런 예상을 한 것이 아니다.

카렌이 잔잔한 목소리로 대답했다.

"그건 고민할 필요가 없어요, 알리타 양."

아무 대책도 없으니까.

저기까지 가버리면 카렌의 조력이고 뭐고도 없는 것이다. 전략이니 전술 따위도 의미 없다.

"모든 것이 릴스타인의 뜻대로 되겠지."

시한의 답변에 알리타는 의아해했다.

분명 암울한 이야기를 하고 있는데도, 두 사람의 표정이 그리 절망적으로 보이진 않았다. 오히려 서로를 바라보며 눈빛을 교환한다?

'…뭔가를 숨기고 있는 건가?'

* * *

사파란 왕국 남부에 위치한 세타 성.

성주인 세타 남작은 벌벌 떨며 릴스타인에게 고개를 조아리고 있었다.

"항복하겠습니다. 부디 자비를……."

하이어 엔다윈이 그를 내려다보며 머쓱한 표정을 지었다.

"승리… 라고 할 것도 없군요, 이건."

릴스타인 왕국군이 이 세타 성을 점령하는 데 걸린 시간은 고작해야 몇십 분도 되지 않았다. 정확히 말하면 도착하자마자 활짝 열린 성문을 통과해, 무릎 꿇은 성주의 앞에 설 때까지 걸린 시간이 전부다.

세타 성엔 아예 방어 전력 자체가 없었던 것이다.

정규군은 물론이고 주둔 중이던 기사며 병사들 역시 죄다 차출되어 떠난 후였다. 남은 이는 늙은 남작과 일부 시종이 전부였다.

영민들의 안전을 위해 목숨을 걸고 남은 것이었다. 어쨌든 항복할 사람은 있어야 했으니까.

릴스타인이 세타 남작에겐 관심도 주지 않으며 말했다.

"쓸데없이 전력을 분산시킬 필요는 없었겠지, 저쪽도."

이곳뿐만이 아니다. 화이트 시타델 점령 이후 릴스타인 왕국군은 제대로 된 전투를 해보지 못했다.

론, 타루스, 벨패인, 사티아 등 네 개의 성과 요새를 더 점령했지만 저항 따윈 없었다. 모두 그냥 항복했다. 방어 전력도 전혀 남겨놓지 않았다.

어차피 백색 상아탑이 최종 결전 장소가 될 테니, 한곳에 모든 병력을 집결시키려는 의도였다.

"재미있군, 필요 없다 싶을 때 미련 없이 버리는 건 원래 내

방식인데…….”

릴스타인이 엔다윈을 돌아보았다.

“하긴, 시한 녀석이 제일 자주 본 전술이 내 수법이긴 하지. 아무래도 영향을 받았겠지?”

“그럴 수도 있겠지요.”

정중히 대꾸하며 엔다윈이 질문했다.

“그럼, 이제 어찌하오리까?”

세타 성의 전후 처리에 관한 질문이었다. 릴스타인이 대수롭잖다는 듯 답했다.

“이미 네 번이나 했던 짓 아닌가? 그대로 행하게.”

“예, 폐하.”

상식적인 절차라면, 새 영토가 된 곳에 군대를 주둔시켜 제도를 정비하는 과정이 이어질 것이다. 하지만 그렇게 하면 릴스타인 왕국군의 병력이 쪼개져 버린다.

그래서 앞서 점령한 네 성과 도시에서도 전쟁 물자만을 수탈할 뿐 딱히 병력을 남기거나 하진 않았다. 실제로는 점령하지도 않은 셈이었다.

물론 이러다가 무시한 요새를 통해 뒤통수 맞을 가능성도 없진 않지만…….

“뒤통수 때릴 전력도 없는데, 뭘.”

릴스타인은 어깨를 으쓱였다.

현재 세타 성에 남은 병력은 고작해야 장정 십여 명 수준, 치안 유지도 힘겨울 정도다. 이래서야 뒤를 신경 쓸 이유도 없지.

릴스타인이 세타 남작을 물러가게 한 뒤 엔다윈에게 물었다.

"저쪽의 전력 파악은 끝났나?"

마침 첩보가 들어온 참이었다. 엔다윈이 입을 열었다.

"카렌 님이 5,000의 교국군을 이끌고 카곤 시티를 나섰습니다. 목표는 우리나라 동부의 주요 요새로 파악됩니다."

라텐베르크 왕국 역시 흑사자 기사단을 필두로 3,000의 전력을 동원, 교국군과 합류하려는 움직임을 보이고 있었다.

"총 8,000인가? 돈 다 떨어졌을 텐데, 무리하는군."

릴스타인이 혀를 찼다. 조금 의외란 어조로 엔다윈이 말을 이었다.

"새로운 흑사자 기사단장은 하이어 바로스라더군요."

"어? 그 양반 현역 복귀했어?"

바로스는 다스발트, 델라트와 함께 과거 젝센가드 군의 주축이었던 달인급 소드하이어였다. 릴스타인도 안면이 있었다. 엔다윈과는 종종 대련도 나누었던 사이이다.

"그 친구, 드디어 초인급의 벽을 넘은 모양입니다. 개인적으로는 축하해 주고 싶은 일입니다만……."

"강력한 적이 나타났다는 게 축하할 일은 아니지."

하이어 바로스는 엔다윈이나 말루프, 브렌탈에 비하면 아무래도 격이 떨어진다. 이제 겨우 초인급이 되었으니까. 그렇다 해도 달인급에 비하면 월등한 강자다.

"동쪽은 오래 버티기 힘들겠군."

역시 속전속결로 이 전쟁을 끝내야 한다. 객관적으로 상황을 예측하며 릴스타인이 마저 물었다.

"테오란트 왕국은?"

"하이어 말루프가 백경기사단을 이끌고 남하 중입니다만, 시간을 맞추긴 힘들 겁니다."

테오란트 왕국과 백색 상아탑은 너무 멀다. 최대한 강행군을 해도 보름은 걸릴 것이다.

반면 릴스타인 왕국군은 고작해야 이틀 거리를 앞두고 있다.

"그럼 현재의 백색 상아탑 전력은……."

이계구원자와 용병왕 바락, 창천기사단과 브렌탈의 백호기사단, 그리고 마법병단 600에 정예군 9,000이 첩보부가 파악한 최종 전력이다.

"무신급이 둘에 초인급이 둘인가? 에세드 그 친구도 이제 초인급이라며?"

"예, 폐하. 하이어 에세드도 결국 벽을 넘었습니다."

문득 엔다윈이 씁쓸해하는 표정을 지었다.

그는 저들보다 일찍 초인급에 들어섰지만 수년간 고련했음에도 아직 무신급 근처에도 가지 못했다. 자신은 정체 상태인데 후발주자들이 맹렬히 쫓아오는 걸 보니 기분이 미묘하다.

'하긴, 사방에 초인급이 득실거리는데 이게 무슨 의미가 있나 싶지만…….'

엔다윈이 화제를 바꾸며 물었다.

"그러고 보니 궁금한 부분이 있습니다, 폐하."

"뭔가?"

"어째서 무신급 소드하이어를 벌써 선보이셨습니까?"

이계구원자의 무신기를 자유자재로 쓰는 새로운 크림슨 나이츠!

그의 무용은 분명 굉장했다. 그 광경을 본 릴스타인 왕국군은 실로 큰 용기를 얻었다.

하지만 굳이 그랬어야 했나 싶은 의문이 드는 것이다.

"숨기고 있었다면 시한 님과의 결전에서 비장의 한 수가 되었을 텐데, 일부러 경각심을 느끼게 하신 이유를 모르겠습니다."

릴스타인이 피식 웃으며 반문했다.

"그럼 엔다윈, 자네 생각엔 짐이 이미 알려진 크림슨 나이츠만 믿고 나섰을 경우 저쪽이 경각심을 안 느꼈을 것 같은가?"

엔다윈은 바로 이해했다.

"…오히려 더 수상쩍게 여겼겠군요."

내내 몸을 사리던 릴스타인이 갑자기 왕성 밖으로 나온 시점에서 어차피 경각심은 느끼게 되어 있는 것이다.

만약 경계심이 너무 커진 성시한이 아예 릴스타인과의 전면전을 피해 버린다면?

"그 녀석이 작정하고 도망치면, 도대체 무슨 수로 붙잡을 건데?"

어느 정도는 알려줘야 한다. 나름대로 의문을 풀고, 나름대로 대책을 강구하게 만들어야 한다.

무신급 소드하이어의 존재라면 충분히 의문을 풀 수 있겠지. 그리고 한 명 정도이니 나름대로 대책도 있다 여길 것이다.

"듣자 하니, 시한 그 녀석도 레비나를 상대로 비슷한 수법을 썼다지?"

성시한은 행동심리학의 학문적 이론에 따라 레비나를 궁지에 몰았다. 지구의 지식을 이용한 셈이다.

릴스타인 역시 경험과 통찰력으로 같은 해답을 내놓았다. 지구처럼 지식으로 정립된 형태는 아니지만, 테라노어에도 비슷한 지혜는 있는 것이다.

"상대를 궁지로 모는 가장 좋은 수법은……."

긴 흑발을 쓸어 올리며 릴스타인은 미소를 머금었다.

"희망을 안겨주는 것이지."

*　　　*　　　*

다른 상아탑이 그렇듯, 백색 상아탑 역시 중심이 되는 탑 주위로 꽤나 거대한 도시가 조성되어 있었다.

마법은 분명 만능에 가깝지만, 정말로 만능인 것은 아니다. 아무리 마기언이라 해도 마법으로 생활에 필요한 모든 것을 다 해결할 수는 없다.

상아탑 정도의 규모라면, 거주 기능을 유지하기 위해 다양한 전문 직종이 필요한 것이다.

요리사나 경비병, 청소부나 기타 잡일을 맡을 시종들의 숫자는 상아탑에 거주하는 마기언보다 오히려 많다. 상아탑과 직접 교역하는 상인들의 수도 상당하다. 그 상인들을 상대로 장사하는 이들의 수도 적지 않다.

이 수많은 기타 인구가 거주할 구역이 필요했다. 하지만 상아탑에 거할 자격이 있는 이는 오직 인가받은 마기언들뿐, 자연스레 탑 주위로 시가지가 발달할 수밖에 없었다.

시한 일행은 그 시가지 북쪽에 위치한 커다란 가옥을 본거지로 삼고 있었다. 제법 크고 정갈하지만 그리 화려하지는 않은 평범한 이층집이었다.

이계구원자의 위명을 생각하면 근사한 귀족가 저택을 징집해도 아무도 불만을 가지지 않겠지만, 원래 상아탑 주위엔 따로 귀족가 저택이 없다. 상아탑의 권위를 존중하는 의미에서 모두 자제하는 것이었다.

"사실은, 땅값도 비싼데 굳이 먹을 것도 없는 오지의 상아탑까지 와서 저택을 지을 이유가 없어서이지만 말이지."

상아탑 주위의 전경을 바라보며 시한이 피식거렸다.

곁에 서 있던 오십 대의 남자가 그에게 정중히 고개를 숙였다.

"농성 준비가 끝났습니다, 시한 님. 모든 전력을 배치했습니다."

사파란 왕국의 새 국왕이자 초인급 소드하이어 브렌탈이었다. 그를 돌아보며 성시한이 치하를 건넸다.

"수고했어, 브렌탈."

그러다 고개를 갸웃거린다.

"가만, 이젠 일국의 국왕님인데 말 함부로 하면 안 되겠지? 수고하셨습니다, 브렌탈 폐하."

별꼴 다 보겠다는 표정으로 브렌탈이 콧방귀를 뀌었다.

"뭘 이제 와서 그러십니까? 공식 석상도 아닌데."

솔직히 말하면, 공식 석상이라도 이상하게 여길 이는 아무도 없을 것이다.

"이계구원자의 위명은 테라노어 전역을 진동시키고 있으니까요."

"그 위명, 요새 많이 깎였더라, 뭐."

성시한은 대꾸하며 쓴웃음을 지었다. 하지만 그다지 기분 나빠하는 표정은 아니었다.

브렌탈은 속으로 감탄했다.

'과연 시한 님, 세간의 평판 따윈 전혀 신경 쓰지 않으시는군.'

실로 영웅다운 대범한 풍모가 아닌가!

물론 시한의 속생각은 달랐다.

'릴스타인까지 처리하고 나면 한국으로 돌아갈 건데, 테라노어의 평판이 무슨 상관이람?'

어쨌든 성시한은 브렌탈이 건넨 지도를 살펴보았다.

시한이 끌고 온 창천기사단과 2,000의 군세에, 추후 합류한 브렌탈의 백호기사단과 사파란 왕국군의 위치가 그려진 군사 배치도였다.

성시한이 손가락으로 지도를 가리키며 물었다.

"방어선은 이 도시 외곽선이 되는 건가?"

"예, 임시로 만든 장벽이지만 방어력은 충분할 겁니다."

원래 백색 상아탑에는 성벽이 따로 없었다.

역사적으로 4대 상아탑은 중립을 표방한 학문의 온상이었다. 속세의 권력이나 전투와는 무관한 곳이니 전쟁을 대비해 성벽을 세우는 것은 설립 의의와 맞지 않는다.

하지만 브렌탈은 그 백색 상아탑 주위에 튼튼한 성벽을 세우는 데 성공했다.

상아탑을 둘러싼 시가지, 그 가장자리의 건물들을 이용하는 것이다.

상아탑 외곽의 건물들은 대부분 3층 이상 높이다. 그 건물과 건물 사이를 돌로 메우고, 입구와 창문 역시 막고, 건물 외부에 따로 지나다닐 수 있는 통로를 만들면 훌륭한 임시 성벽이 된다.

시한이 감탄을 터뜨렸다.

"이걸 벌써 끝냈어? 며칠 되지도 않았는데?"

저 수법 자체는 예부터 전해져 온 농성용 전술이지만, 이걸 단기간에 완성시킨 것은 분명 대단한 일이었다.

브렌탈이 별것 아니라며 답했다.

"애초에 상아탑 주변 시가지를 건설할 때부터 염두에 두었던 부분이라 그렇습니다."

알고 보니 외곽 건물을 올릴 때부터, 일부러 유사시 성벽으로 바꿀 수 있게 건물 배치를 해놓은 것이었다.

아무리 상아탑이 공식적으로 중립이라지만, 저 정도의 힘과 권력을 지닌 집단이 정말 세속의 권력과 무관하게 존재하는 건 현실적으로 불가능하다.

"언제 무슨 일이 생길지 모르니 방어책은 마련해야 하지만, 정치적인 문제로 대놓고 드러낼 순 없으니 눈 가리고 아웅 한 셈이군?"

"그렇지요. 제대로 된 성벽에 비하면 구조적으로 약하지만 큰 문제는 없을 겁니다."

브렌탈이 자신만만하게 말을 이었다.

"백색 상아탑의 방어 결계를 이용할 수 있으니 말입니다."

모투스가 정식으로 백색 상아탑주가 된 덕분에 탑의 모든 기능을 전부 사용할 수 있게 되었다. 현재 이 임시 성벽은 백색 상아탑의 대마법 결계와 대투기 결계가 몇 중이나 겹쳐 있는 것이다.

단순히 결계의 위력만 보면, 예전 레비나가 무리하게 예산을 퍼부어 만들었던 스탈라 요새와도 맞먹을 정도다!

브렌탈이 자랑스레 말했다.

"지금이라면 십만 대군이 몰려와도 격퇴할 수 있을 겁니다!"

시한이 그의 호언장담에 초를 쳤다.

"그럼 초인급 60명이 몰려오면?"

"그래도 하루는 버틸 수 있을 겁니다!"

하루 만에 함락된다는 소릴 참 의기양양하게도 대꾸하는 브렌탈이었다. 하지만 딱히 부끄러워할 이유도 없었다.

초인급 소드하이어 60명의 총공세를 하루'씩'이나 버틸 수 있다면, 그건 분명 테라노어 역사에 남을 가공할 위업일 테니까.

"그 정도면 충분하지 않겠습니까?"

"그건 그래."

시한은 고개를 끄덕였다. 브렌탈의 말이 옳았다.

"어차피 결판은 릴스타인과 내가 낼 테니까."

이기든 지든, 이 전쟁은 하루 이상은 걸리지 않을 것이다.

*　　　*　　　*

국경을 넘은 지 8일째, 결국 릴스타인 왕국군은 백색 상아탑 서쪽 능선에 모습을 드러냈다.

능선 주위에 진지를 구축한 뒤 릴스타인은 백색 상아탑에 항복을 권유했다. 성시한과 브렌탈 국왕, 용병왕 바락과 수많은 기사들 사이에 서서 전령이 전갈을 읊었다.

"지구에서 온 자여, 그대가 테라노어에 입힌 죄악은 실로 필설로 형용할 수 없도다. 어찌 반성은커녕 더 큰 죄악을 쌓으려 하는가? 지금이라도 항복하라. 무릎 꿇고 용서를 빌며 죄

없는 테라노어인의 피해를 막는 것이 그대가 할 수 있는 최소한의 도리이리라!"

오만방자하기 그지없는 내용이었다.

당연히 시한 주위의 기사들 얼굴에 분노가 떠올랐다.

"뭣이 어쩌고 어째?"

"릴스타인, 그 인간이 완전히 돌았군!"

사방에서 살기가 칼날처럼 내리꽂힌다. 전령은 조용히 눈을 감았다.

'아, 여기서 죽는구나.'

그러나 성시한은 흥분하지 않았다. 화를 내지도 않았다.

그는 오히려 웃고 있었다.

"풋, 정말이지 릴스타인답네. 한번 내세운 프로파간다는 계속 유지할 생각인가 보지?"

곁에 서 있던 브렌탈 국왕이 말을 덧붙였다.

"일국의 왕씩이나 되어서 자기 말을 함부로 번복할 순 없을 테니까요."

전령은 슬그머니 눈을 떴다.

성시한도 브렌탈 국왕도, 어쩐지 분노하는 기색이 아니었다. 잘하면 살아서 돌아갈 수도 있겠다는 기대가 생겼다.

"그럼 나도 답변을 해줘야겠지? 거기, 전령!"

"예, 옙!"

갑자기 시한이 알 수 없는 동작을 취하며, 알 수 없는 단어를 내뱉었다. 그리고 진지하게 말을 이었다.

"토씨 하나 빠뜨리지 말고, 내 동작 하나하나를 정확하게 그대로 전달하도록."

빠뜨리고 자시고도 없었다. 굉장히 짧은 답변이었고, 동작 역시 실로 간결했다.

하지만 전혀 이해할 수 없는 전언이기도 했다.

"…이것이 답변입니까?"

"릴스타인이라면 충분히 이해할 거야."

당혹 속에서 전령은 릴스타인 왕국군 진지로 돌아왔다. 그리고 릴스타인과 홍룡기사단 앞에서 그대로 재현했다.

"시한 님께서 답한 전언입니다."

분명 가운뎃손가락을 힘차게 들어 올리며 이렇게 외쳤더랬다.

"Jot—kka!"

홍룡기사단은 당황했다.

"뭐지?"

"일종의 소매틱 같은 건가?"

"혹시 저주를 걸려 하는 걸지도……."

반면 릴스타인은 픕, 하고 웃었다.

"과연, 나만 알아들을 수 있는 답변이긴 하군."

엔다윈이 의아해하며 물었다.

"두 분만이 아는 비밀 암호 같은 것입니까?"

"아, 그렇게 거창한 건 아니고……."

막상 설명하려니 참 애매하기도 하고 품위도 떨어진다. 릴스타인이 말을 얼버무렸다.

"항복할 생각은 전혀 없다는 단호한 결의를 담은 답변이었다네."

"오! 실로 무인의 기개가 느껴지는군요."

"…뭐, 그렇다고 해두지."

릴스타인은 혀를 차며 손을 들었다.

"엡실론, 그대가 나설 차례다."

붉은 갑주를 걸친 기사가 앞으로 나섰다. 이계구원자의 무신기를 선보였던 그 크림슨 나이츠였다. 평소와 달리 투구를 벗은 상태였는데, 대략 삼십 대 중반의 백인으로 보였다.

살기 띤 미소와 함께 엡실론이 릴스타인 앞에 부복했다.

"기다리고 있었습니다, 폐하."

Chapter 6

개전(開戰)

백색 상아탑의 결계로 보호받고 있는 저 임시 성벽은 무극천광이나 최강의 9층 파괴 마법조차도 충분히 버틸 것이다. 그래서 릴스타인은 과거 성시한이 그랬던 것처럼 정공법으로 나섰다.

15,000의 릴스타인 왕국군 중 4,000이 선발대가 되었다. 2,000씩 둘로 나뉘어 백색 상아탑 남쪽과 서쪽을 차례대로 공략하는 것이다.

선두에 선 지휘관이 검을 높게 쳐들었다.

"진군!"

뿔피리 소리가 길게 울리며 병사들이 행군을 시작했다.

딱히 빠르게 달리거나 하진 않았다. 상아탑 성벽과의 거리는 아직도 수백 미터나 남았다. 마법이나 화살의 사정거리 밖인데 굳이 병사들 체력을 소모시킬 이유는 없었다.

천천히, 대열을 맞춰 절도 있게 행진을 이어간다.

척, 척, 척, 척!

한 사람의 발소리는 미약하지만 그것이 수천이 모이면 지축을 흔들 굉음이 된다.

소음을 동반하며 다가오는 릴스타인의 군세를 보며 상아탑의 병사들은 긴장한 표정을 지었다. 개중엔 성급히 화살을 활에 재는 이들도 있었다.

성벽 위의 지휘관들이 병사들을 만류했다.

"대기!"

아직 사정거리 밖이었다. 화살은 고사하고 마법도 이 거리에선 닿지 않는다. 좀 더 상대를 끌어들여야 했다.

거리가 점점 줄어들었다.

병사들의 긴장도 더욱 커졌다. 하지만 패닉에 빠져 멋대로 화살을 쏘거나 하는 이는 없었다.

이 자리에 모인 이들은 라텐베르크와 사파란 왕국의 최정예. 이미 몇 번이나 전쟁을 겪은 베테랑이 그런 신참 같은 실수를 저지르진 않는다.

반면 릴스타인 왕국군의 속도는 점점 빨라지고 있었다.

척척척척!

일부 병사들의 걸음이 빨라지며 전체의 대열이 서서히 붕괴된다. 전투가 다가오자 압박감을 견디지 못한 탓이었다. 매도 먼저 맞는 게 낫다고, 대부분의 병사들은 죽이 되든 밥이 되든 빨리 결판을 짓고 싶어 했다.

멀리서 전황을 지켜보던 릴스타인이 혀를 찼다.

"이런, 병사들 수준은 저쪽이 더 높은가?"

성시한이 거느린 군대는 지난 몇 달간 테라노어 각지에서 온갖 전쟁을 겪고도 살아남은 이들이었다.

반면 릴스타인 왕국군은 한동안 전투에 나서지 않았다. 경험한 전투 역시 대부분 크림슨 나이츠의 압도적인 무력에 기댄 부분이 컸다.

그러다 보니 병사 대부분이 목숨이 오가는 실제 전투의 경험은 의외로 적었다. 군대의 질적인 부분에서 아무래도 밀리는 것이다.

"뭐, 밀리든 말든 별 상관은 없지만."

태연한 얼굴로 릴스타인이 참모진에게 손짓을 했다. 대열 좀 붕괴되어도 상관없으니 진군 속도를 높이라는 의미였다.

깃발이 올라가고, 국왕의 지시가 그대로 선발대에 전달되었다.

애써 대열을 유지하려던 지휘관들도 안심하고 명령을 바꿨다.

"전원 진격!"

요란한 함성과 함께 수천의 군세가 고삐 풀린 망아지처럼 들판을 질주하기 시작했다. 점점 적들이 가까워져 왔다.

그러나 지휘관들은 여전히 병사들에게 반격을 허락하지 않았다.

"아직이다! 전원 대기하라!"

단순히 화살이 닿는 거리와 실제로 유효 피해를 입힐 수 있는 거리는 엄연히 다르다. 아직은 화살을 쏠 때가 아닌 것이다.

대신 성벽 위로 로브를 걸친 수백 명의 사내가 모습을 드러냈다. 라텐베르크와 사파란 왕국의 마법병단이었다.

마기언들이 정해진 위치에 서서 주문을 외우기 시작했다.

"에아 드리플 젤비아스 파타롤……."

"천의 권세가 이 땅에 드리워……."

"모든 것을 멸할 파괴의 어둠으로 화할지어다……."

성벽 위쪽에 보이지 않는 마력이 소용돌이치며 피어올랐다. 마력의 기류가 허공을 타고 흘러 높은 탑의 최상층까지 흘러간다.

최상층에 위치한 백색 상아탑주, 마기언 모투스는 식은땀을 흘렀다.

"으, 이거 쉽지 않군."

그는 수십 개의 마법진이 중첩된 복잡한 빛 무리 속에 서 있었다. 상아탑 8층에 종사하는 실력으로도 허덕일 만큼 고난이도의 술식이었다.

"으… 천의 권세를 역의 위치로, 역의 권세를 천공에 배치하여……."

두통이 올 정도로 정신을 집중해 흘러들어 온 마력을 제어하고 재분배한다. 수백의 마기언들이 힘을 합친 마력, 그 강대한 권능을 힘겹게 상아탑의 마법진과 합일한다.

잠시 후, 모투스는 환호를 터뜨렸다.

"돼, 됐다!"

이걸로 마법병단 수백 명의 마력을 하나로 묶어 거대한 파괴 마법으로 바꿀 수 있게 되었다. 그리고 그 마력을 기반으로, 현재 모투스의 기량으로는 어림도 없는 광범위 9층 마법 역시 시전이 가능해졌다.

모투스가 지팡이를 휘두르며 마지막 시동어를 외쳤다.

"발동! 절멸의 하늘(sky of Annihilation)!"

백색 상아탑을 중심으로 거대한 먹구름이 피어올랐다. 순식간에 퍼진 암흑이 사방의 하늘을 뒤덮었다. 태양이 어둠에 가려져 짙은 그림자를 전장 가득 드리웠다.

웅웅웅웅!

대기가 진동하며 울부짖었다. 동시에 먹구름이 어둠의 비를 뿌렸다.

물이 아니라 어둠으로 이루어진, 강철조차 꿰뚫어 버릴 파괴적인 폭우였다.

콰콰콰쾅!

반경 수 킬로미터에 달하는 무자비한 폭우가 대지를 파헤치며 수천의 릴스타인 왕국군을 덮쳐갔다. 돌격하던 병사들이 패닉에 빠져 허둥대기 시작했다.

"으에에엑!"

"마, 마법 공격이다!"

"피해!"

"뭘 어디로 피하라는 거야?"

사소한 빗방울 하나만으로도 바위를 일격에 꿰뚫는 위력을 지니고 있다. 그런 무자비한 마법이 시야에 들어오는 모든 대지에 내린다. 이쯤 되면 피하고 자시고도 없는 것이다.

"다행히 모투스가 제대로 성공했군."

성시한은 성벽 뒤쪽의 본진에서 전황을 지켜보며 안도했다.

이대로 절멸의 하늘이 릴스타인 선발대를 덮치면 몰살도 불가능한 일이 아니다. 물론 저쪽도 바로 방어에 나설 테니 그렇게 쉽게 풀리진 않겠지만…….

"이 정도면 초반 기세는 꺾을 수 있겠지."

그때 릴스타인 왕국군의 본진에서 자색의 영기가 허공으로 솟구쳤다.

너무도 강렬해 빛의 형태까지 띠게 된 마력의 기둥, 그 속에 흑발의 사내가 모습을 드러낸다.

순간 성시한의 안색이 딱딱하게 굳었다.

수백 미터의 거리를 두고 있음에도 똑똑히 알아볼 수 있는 얼굴이었다.

"릴스타인!"

*　　　*　　　*

릴스타인은 감탄하고 있었다.

"절멸의 하늘이라, 제법 제대로 발동시켰는데? 슈트란트보다 모투스가 실력이 위였군."

처음엔 성시한의 짓인 줄 알았다. 하지만 이내 마력 패턴으로 아님을 깨달았다.

아무리 상아탑주의 권한을 지니고 있다지만, 8층의 종사자가 탑의 기능을 제대로 끌어냈다는 건 분명 칭찬할 일이었다. 필시 엄청난 집중력과 정신력이 소모되었으리라.

"죽이기는 좀 아깝군. 일단 살려둘까?"

릴스타인이 오른손을 들어 하늘을 겨눴다.

"새 지배자의 이름으로 명한다. 맑아져라."

보이지 않는 파동이 허공을 꿰뚫었다. 그리고 순식간에 지평선 끝에서 끝까지 퍼졌다.

파아아앗!

폭우가 쓸려가고, 먹구름이 밀려나고, 푸른 하늘이 드러나고, 또다시 태양이 환한 빛을 대지에 비춘다.

이 모든 것이 순식간에 일어난 일이었다. 마치 마법 자체가 환상이었던 것처럼 너무도 빠르게 사라져 버렸다!

릴스타인 왕국의 병사들이 멍한 표정으로 주위를 두리번거렸다.

"…뭐야?"

"아? 마법 끝난 거?"

"……?"

지나치게 압도적인 힘은 현실감을 잃게 하는 법이다. 워낙 쉽게 마법을 무효화해 버린 나머지, 릴스타인이 자신을 구해 주었다는 자각도 미처 하지 못한 것이다.

물론 일반 병사들이나 그렇지, 릴스타인 휘하의 소드하이어나 마기언들은 공포에 질려 있었다.

"마, 맙소사!"

"아무리 폐하께서 플로어 마스터라지만, 이렇게까지……."

릴스타인이 마력을 거두고 다시 자리로 돌아왔다. 그리고 굳어 있는 참모진을 향해 퉁명스레 말을 건넸다.

"뭐 하는가? 전쟁 안 할 건가?"

"아, 네, 넵!"

다시 한번 뿔피리가 길게 울었다. 돌격을 종용하는 신호였다.

그제야 선발대도 정신을 차리고 다시 달려가기 시작했다.

"돌격!"

"전원 돌격!"

아까와 달리, 한층 사기 등등한 모습이었다.

"우리 뒤엔 폐하가 계신다!"

"테라노어 최강의 마기언이 우리를 보우하신다!"

"아무것도 두려워할 것 없다!"

"으아아아!"

릴스타인은 자리로 돌아와 앉으며 피식 웃었다.

"모투스에겐 좀 미안하군."

그는 분명 모투스를 살려둘 생각이었다. 하지만 몸 성히 내버려 둘 생각도 없었다.

"한동안 걸어 다니기도 힘들 텐데."

*　　*　　*

백색 상아탑 최상층.

마기언 모투스는 검붉은 피를 연신 토하고 있었다. 릴스타인이 마법을 역행시킨 부작용이었다.

"크, 크어억!"

상아탑이 대부분의 영향을 차단했음에도, 아주 사소한 반동만으로도 내장이 진탕되고 전신 영맥이 헝클어졌다. 그는 고통에 몸을 떨며 한탄을 흘렸다.

"이렇게까지 했는데도 단 한 사람을 못 이긴다고? 플로어 마스터란 저 정도로 초월적인 존재였단 말인가!?"

성벽 근처 본진에 있던 바락이며 카렌 역시 당황한 기색이 역력했다.

"…릴스타인의 마력이 너무 강한데?"

"분명 인간이 지닐 수 있는 투기나 마력에는 한계가 있다고 하지 않았어요?"

루스클란 대제가 남긴 연구를 통해, 테라노어엔 인간이 도달할 수 있는 투기와 마력의 한계치에 대한 이론이 확립되어 있었다. 성시한의 존재로 인해 이미 증명되기도 했다.

그런데 지금 본 릴스타인의 마력은 시한보다 최소 두 배는 더 되는 것 같았다. 이론과 맞지 않는 것이다.

"혹시 그사이 한계를 뛰어넘는 다른 방식이라도 찾은 걸까요?"

카렌의 의문에 바락이 고개를 갸웃거렸다.

"그냥 그 한계치에 대한 이론이 틀린 건 아니고?"

"천 년의 세월 동안 증명된 이론인데요?"

"천 년 동안 틀렸을 수도 있지 않은가? 인간이 뭐 실수하지 않는 종자도 아니고."

"아무리 그래도 천 년 동안 그 수많은 마학자가 전부 틀렸을 것 같진 않은데요."

중얼거리다 말고 카렌은 옆을 돌아보았다.

성시한은 말없이 성벽 너머의 들판을 바라보고 있었다. 정확히는 마력의 기둥이 솟구쳤었던 적진 한가운데를.

그는 웃고 있었다.

분노와 흥분, 그리고 환희마저 느껴지는 기이한 미소. 번들거리는 검은 눈동자 속에서 묘한 광기마저 엿보인다.

알리타가 슬그머니 그의 팔을 잡아당겼다.

"진정해요, 시한."

"아, 응……."

시한은 호흡을 가다듬으며 애써 냉정을 되찾았다. 그리고 인상을 썼다.

"쉽지 않을 거라 각오는 했지만, 예상 이상이군."

한계치 이론이 틀렸든, 뭔가 새로운 방법을 개발했든 간에 한 가지는 확실하다.

마법만 놓고 보면 릴스타인이 성시한보다 모든 면에서 압도적으로 위다.

*　　　*　　　*

릴스타인의 비호에 힘입어 병사들은 용맹하게 전장을 질주했다.

"와아아아!"

그리고 하늘을 뒤덮는 화살비를 맞이하게 되었다. 거리가 더욱 좁혀졌으니 당연히 화살의 사정거리 안에 들어선 것이다.

"쏴라!"

"전원 사격 개시!"

성벽 위의 병사들이 연신 시위를 당긴다. 화살비가 하늘이 흐릿해 보일 정도로 짙은 화망을 형성한다. 쏟아지는 또 다른 죽음의 비 앞에서 릴스타인 선발대 병사들이 비명을 터뜨렸다.

"으아아악!"

비명과 함께 병사들이 사방팔방 도망치기 시작했다. 어떻게든 화살 좀 피해보겠다고 난동을 부리니 순식간에 전열이 꼬여 버렸다.

멀리서 그 광경을 지켜보던 릴스타인은 쓴웃음을 지었다.

“과연 오합지졸이군…….”

저럴 줄 알고 있었기에 실망할 것도 없었다.

현재 선발대로 내세운 병력은 대부분 신참들로 이루어진 병사들인 것이다. 경험이 많은 주력 부대는 아직 아끼고 있다.

하지만 그렇다고 저들을 희생양으로 내세운 것만도 아니었다.

“슬슬 등을 떠밀어줄 때인가?”

릴스타인이 재차 마법을 발동했다.

이번엔 마력의 기둥 같은 거창한 퍼포먼스는 없었다. 오히려 은밀하게, 보이지 않는 마력의 안개가 사방으로 퍼져 나가며 선발대 병사들을 장악한다.

“죽음의 공포여, 환희로 바뀔지니.”

그토록 지겹도록 연구했던 정신 지배 마법이었다. 모든 것이 완성된 지금, 결코 불가능하다 생각했던 본능적 공포조차도 얼마든지 조작이 가능해졌다.

도망치던 병사들의 눈이 뒤집혀졌다.

“으으으으!”

"으아아아!"

홍분이 혈관을 타고 돌며 공포를 밀어낸다. 창칼을 쥔 손아귀가 격하게 흔들린다. 강력한 살의가 뇌리를 마비시키며 한 명의 병사를 한 마리 짐승으로 탈바꿈시킨다.

수천의 짐승들이 광소를 터뜨리며 상아탑 성벽으로 내달리기 시작했다.

"으하하하!"

"죽여!"

"다 죽여 버려!"

하지만 그 광기는 오래가지 않았다.

파아아앗!

상아탑 남쪽 성벽에서 거대한 마력의 기둥이 솟구친다. 눈부신 영기가 은은한 파동을 흩뿌린다.

연달아 퍼지는 파문 속에서 홍분한 병사들의 광기가 하나둘 사라져 간다.

"으으으?"

"뭐, 뭐였지?"

"나 방금 뭔가……."

병사들이 당황한 얼굴로 서로를 돌아보았다. 저 마력의 파문이 릴스타인의 광기를 거두고 이들에게 이지를 돌려준 것이다.

마력의 기둥 속에서, 흑발 흑안의 곱상한 청년이 쓴웃음을 지었다.

"어떻게든 크림슨 나이츠를 제정신으로 돌려보려고 연구했던 건데, 이런 데서 써먹게 되네."

릴스타인은 수백 미터의 거리를 두고 청년을 바라보았다.

너무 멀어 얼굴은 잘 보이진 않았지만, 느낌만으로도 상대가 누구인지 쉽게 알아차릴 수 있었다.

그의 입가에 숨길 수 없는 그리움이 떠올랐다.

"…오랜만이구나, 시한."

성시한의 반격으로 인해 병사들의 광기는 일순 가라앉았다.

하지만 그렇다고 완전히 사라지지도 않았다. 실력 차이가 있다 보니, 아무래도 릴스타인의 정신계 마법을 완벽히 억제하진 못한 것이다.

화살비 속에서 릴스타인 왕국군이 성벽을 향해 무식하게 달려들기 시작했다.

"으아아아!"

"돌격! 돌격!"

고함을 지르며 갈고리를 던지고 사다리를 건다. 죽음에 대한 본능적인 공포는 다시 살아났지만, 전투로 흥분된 병사들은 굳이 마법의 힘이 없더라도 죽음을 '외면'할 수 있다. 일종의 현실 도피랄까?

여기에 적절하게 포상을 약속하는 외침도 울려 퍼진다.

"성벽을 넘어라!"

"제일 먼저 오르는 이에게 금화 100냥을 주겠다!"

머리 위로 돌과 화살과 끓는 기름이 쏟아지며 무수한 병사가 죽어갔다. 그럼에도 선발대는 물러서지 않았다. 대열을 갖춰 성벽에 달라붙고 또 달라붙는다.

그 광경을 지켜보던 릴스타인이 헛웃음을 흘렸다.

"이거, 오히려 시한 녀석 덕분에 적절하게 밸런스가 맞춰진 느낌인데?"

무릇 성벽을 공략한다는 것은, 드높은 사기와 용맹으로도 감당하기 힘든 두려운 행위다.

그래서 보통 공성전에는 수많은 전장을 겪은 최정예들을 내세우곤 한다.

그런데 분명 오합지졸인 선발대가 도망도 안 가고 계속해서 공세를 가한다. 그렇다고 진짜 광전사처럼 제멋대로 날뛰는 것도 아니고, 제법 오와 열을 유지하고 있다.

성시한과 릴스타인이 마법으로 줄다리기를 하다 보니, 어쩌다 우연히 광기와 이성이 조화를 이룬 상태가 되어버린 것이다.

릴스타인은 느긋하게 의자에 몸을 뉘었다.

"한 번 더 등을 떠밀 필요는 없겠군."

그러는 와중에도 전황은 시시각각 변하는 중이었다.

성벽 남쪽과 서쪽에서 교전이 이어진다. 창과 칼을 서로에게 찌르며 고함과 비명을 터뜨린다. 순식간에 시체가 쌓이고 또 쌓인다.

성시한은 미쳐 날뛰는 릴스타인 왕국군을 보며 미간을 찌푸렸다.

"이건 심하잖아, 릴스타인……."

이지를 잃을 정도의 광기는 사라졌지만 여전히 대부분의 병사들은 극도의 흥분 상태였다.

두 눈에 핏발이 선 채 침을 질질 흘리며 덤벼드는데, 아무리 봐도 제정신은 아니다.

시한은 릴스타인의 냉혹함에 치를 떨며 동료들을 돌아보았다.

"지독하네, 아군 병사에게 저토록 후유증이 큰 정신계 마법을 걸다니……."

그러나 기대했던 동료들의 호응은 없었다. 아니, 바락은 도리어 감탄하고 있었다.

"호오, 과연 릴스타인이구나……."

알리타 역시 마찬가지였다.

"적이지만 훌륭하군요. 오합지졸을 저렇게까지 운용하다니."

심지어 그 착한 카렌조차도 그러려니 하는 표정이다.

"시기적절하게 병사들의 사기를 올렸네요."

"……."

할 말이 없다.

현 상황은, 비유하자면 전투에 나선 병사들에게 마약을 공급한 것이나 같다. 실로 비인도적인 행위인데도 다들 분노는 커녕 당연하게 여기고 있는 것이다.

"그래, 이 동네 원래 이랬지……."

"응? 뭐라고 했어요, 시한?"

"아무것도 아냐, 알리타."

시한은 고개를 저으며 성벽으로 시선을 돌렸다.

다행히 아직 뚫린 부분은 없었다. 여전히 성벽을 중심으로 공방을 이어가며 피 튀기는 전투를 이어가고 있다.

그러나 이 상황이 오래가진 못할 것이다.

'릴스타인이 그저 병사들만으로 공격을 이어갈 리가 없으니까.'

아니나 다를까, 인간 같지 않은 포효와 함께 성벽 여기저기서 찬란한 빛줄기가 솟구쳤다.

"크아아아!"

"카오오오!"

투기강을 앞세운 크림슨 나이츠였다. 초인급 소드하이어 십여 명이 동시에 모습을 드러내며 성벽 위로 날아오르고 있었다. 방어선이 빠르게 무너지며 성벽 여기저기가 뚫리기 시작했다.

"나타났군."

성시한이 눈을 빛내며 등 뒤로 손짓을 했다.

"신호를!"

"예!"

대기하고 있던 부하 한 명이 뿔피리를 길게 불었다.

부우우웅!

임시로 만든 성문이 활짝 열렸다. 우렁찬 고함과 함께 푸른 갑주의 기사단이 쏟아져 나왔다.

"창천기사단! 출진!"

* * *

수십 기의 기마대가 대지를 질주했다. 목표는 백색 상아탑 남쪽 성벽에 포진한 릴스타인 선발대, 선두의 에세드가 장검을 뽑아 들며 살기를 터뜨렸다. 청회색 투기강이 찬란한 빛을 발했다.

"자! 놀아보자!"

뒤따르던 우드로우며 비렛타, 실피스 역시 투기를 끌어올렸다. 수십 명의 창천기사가 일제히 힘을 끌어올리니 그 여파로 대기가 흔들리며 아지랑이가 피어올랐다.

우우웅!

공기가 찢어지는 굉음과 요란한 말발굽 소리가 어우러진다. 들판을 가로지른 창천기사단이 이내 릴스타인 선발대의 후미를 덮쳐갔다.

병사들이 공포의 비명을 터뜨렸다.

"으아악!"

"창천기사단이다!"

십 년 전, 명실공히 대륙 최강이었던 이계구원자의 기사들.

다시 성시한의 휘하로 돌아온 이들은 과거의 힘을 되찾은지 오래였다.

흩어졌던 단원들 대부분이 복귀한 현재의 창천기사단은 그 숫자만도 80여 명에 육박한다. 이는 단순히 구성원의 수가 늘었음을 의미하는 것이 아니다. 그동안 인원이 모자라서 구사하지 못했던 혁명전쟁 시절의 전술을 사용할 수 있는 것이다.

"타아아앗!"

에세드는 기합을 터뜨리며 눈앞의 병사들을 수숫단처럼 베어갔다. 그렇게 길이 열리면 그 뒤를 창천기사들이 원추형으로 따라붙으며 좌우로 공격을 날렸다. 단단한 나무토막에 쐐기를 박는 듯한 형국이었다.

여기까진 전형적인 돌격 진형이지만…….

"산개!"

에세드의 명령이 떨어지자 단단히 뭉쳐 있던 창천기사단이 사방으로 흩어지기 시작했다.

기껏 흔들림 없는 대형을 갖추고 있는데 그걸 스스로 붕괴시키다니? 상식적인 전술가라면 이해하지 못할 광경이리라.

하지만 이것이 바로 혁명전쟁 시절 창천기사단의 주특기였다.

"타아앗!"

흩어진 창천기사들이 전후좌우로 참격을 날린다. 사방이 적군이니 아무 데나 투기검을 휘둘러도 아군의 피해를 신경 쓸 필요가 없다.

전장 곳곳에서 혈화가 피어올랐다.

"크어어억!"

"으아악!"

물론 사방이 적군이라는 건, 적들에게 포위되었다는 의미도 된다.

아무리 소드하이어라도 포위된 상태에선 집중력이 크게 하락되는 법이다. 이대로라면 흩어진 채 각개격파를 당할 수도 있지만…….

"언제나 그랬듯이!"

투기강을 휘두르며 에세드가 유쾌한 외침을 이었다.

"이거다 싶으면 들이대고! 아니다 싶으면 도로 집결!"

흩어진 채 적들을 베어가던 창천기사들이 어느새 원래의 대형으로 돌아갔다.

또다시 굳건한 하나의 집단이 되어 적진을 분쇄, 그리고 분쇄와 동시에 흩어져서 살육을 이어간다!

"으랏차!"

"와, 이거 오랜만인데?"

"그동안 이 수법은 못 썼으니까."

"하긴, 쪽수가 모자랐으니."

창천기사단은 여유롭게 흩어졌다 뭉쳤다를 반복하며 릴스타인 선발대를 난도질하고 있었다. 말하자면 오합지졸과 최정예의 대형을 시시각각으로 바꾸는 셈인데, 워낙 연동이 자연스러워 허점이 보이질 않는다.

릴스타인 선발대의 기사들이 치를 떨었다.

"이해할 수가 없군!"

"도대체 어떻게 저런 게 가능한 거지?"

저게 말로는 쉬워 보이지만, 실제로 시행하려면 골치 아픈

전제 조건이 있다.

동료의 위치가 어디인지를 창천기사 전원이 숙지하고 있어야 하는 것이다.

'이 혼탁한 전장 속에서 수십 명이나 되는 동료의 위치를 전부 파악한다는 게 말이 되나? 그것도 창천기사단 전원이?'

실제로 창천기사들이 모두 그 정도의 능력을 지닌 것은 아니다. 이들의 움직임에는 명확한 지표가 있다.

수시로 전장을 가르는 투기 실린 화살이 그것이었다.

"진천기, 관천!"

우드로우는 연신 화살을 날리며 전장을 누볐다.

단순히 적을 격살하는 것이 아니라, 화살을 하나하나 날릴 때마다 자신의 투기로 현재 창천기사단의 상황을 동료들에게 알린다.

지휘관의 시야와 기사의 기량, 전략가의 두뇌를 모두 갖춰야 가능한 짓이다. 우드로우가 인상이 더러워서 그렇지, 실제론 창천기사단 내에서 가장 인텔리인 것이다.

어쨰 우드로우 본인은 영 탐탁잖은 듯한 표정을 짓고 있었지만.

"역시 이 전법은 짜증 난단 말이지. 나만 바빠, 나만!"

그래도 효과가 워낙 좋으니 안 쓸 순 없다.

산개와 집결을 반복하며 창천기사단은 릴스타인 선발대를

파죽지세로 누비고 다녔다. 푸른 갑주의 기사들이 적진을 관통할 때마다 피가 튀고 또 튀었다.

몰리는 병사들의 시선이 자연스레 성벽 위쪽으로 향했다. 이제 이들이 믿을 건 하나뿐이었다.

전장 선두에서 성벽을 공략하고 있는 붉은 갑주의 기사들.

"제기랄! 저들은 언제 오는 거야?!"

* * *

릴스타인은 커다란 빛의 화면을 띄워놓고 전황을 살피고 있었다.

"으음."

원래는 직접 두 눈으로 멀리서 전체적인 상황을 파악했지만, 그러다가 성시한의 등장을 놓친 후론 원견의 마법을 구사한 것이다.

'오랜만에 다시 만났는데, 그 녀석 얼굴도 못 보는 건 좀 아쉽지.'

뭐, 기껏 원견의 마법을 펼쳤더니 도로 모습을 감춰서 결국 얼굴은 못 봤지만.

릴스타인은 빛에 비친 정경을 조작하며 잠시 고민했다.

"어쩔까……."

이대로라면 선발대 병사들의 피해가 상당히 커질 터였다. 하지만 저 병사들을 버리면, 크림슨 나이츠를 이용해 무난히 성벽을 점령할 수 있게 된다.

'그것도 나쁘진 않겠지만, 그 경우 크림슨 나이츠가 적진에 고립되겠군.'

초인급 소드하이어쯤 되면 고립된다고 큰 문제가 생기진 않는다. 하지만 지금 적들은 전력을 모두 꺼낸 것이 아니다.

'아직 시한과 바락 영감님이 나서지 않았어.'

아무리 무신급이라지만 수십 명의 초인급을 상대하는 건 결코 쉬운 일이 아니다.

하지만 군대의 비호 아래, 적진에 고립된 20명의 초인급이라면 의외로 간단히 처리할 수 있겠지.

딱히 유리함도 취하지 못하면서, 괜히 병사들의 목숨을 가벼이 여겼다는 악평만 듣게 된다.

'뭐, 평판 따윈 이제 신경 쓸 필요 없지만.'

잠시 고민한 릴스타인이 결정을 내렸다.

두 무신급 소드하이어를 전장으로 끌어내는 대가가 병사 수천에 크림슨 나이츠 스무 기라면 영 수지가 맞질 않는다.

그가 손가락을 들었다.

수백 미터의 거리를 넘어서 초월적인 의지가 전달되었다.

[전원, 반전.]

한창 성벽 위에서 날뛰던 크림슨 나이츠들이 일순 움직임을 멈췄다.

"크르르……."

그리고 바로 등을 돌리며 하나둘 성벽 아래로 뛰어내린다.

요란한 포효가 긴 성벽 곳곳에서 울려 퍼졌다.

"크아아아!"

*　　　*　　　*

창천기사단은 성벽 남쪽의 선발대를 역공해 전투의 흐름을 바꿨다. 성벽 서쪽 역시 비슷한 상황이었다.

사파란 왕국 국왕, 브렌탈이 이끄는 백호기사단이었다.

"공격! 공격하라! 결코 물러서지 마라!"

휘하 기사들을 이끌며 브렌탈은 특유의 자색 투기강을 앞세워 맹렬히 적진을 분쇄하고 있었다. 그런 백호기사단에게 강렬한 살기가 덮쳐왔다.

"왔구나! 크림슨 나이츠!"

브렌탈이 눈을 번들거리며 말머리를 돌렸다. 백호기사단 역시 뒤를 따랐다. 요란한 함성이 천지를 진동시켰다.

"와아아아아!"

성벽 서쪽과 남쪽에서 치열한 전투가 이어졌다.

남쪽의 창천기사단과 서쪽의 백호기사단이 각자 십여 명의 크림슨 나이츠를 맞이해 사투를 벌인다.

"크아아아!"

패왕기의 푸른빛을 앞세워 초인급 소드하이어들이 연신 검격을 뿌려댄다.

온갖 다양한 검술이 다채롭게 펼쳐지고, 심지어 혁명 6영웅의 전매특허였던 투기진마저 전장 곳곳에서 모습을 드러낸다.

"아으! 이놈들 더 강해졌네?"

"뭘 놀라? 시한 대장이 이미 말했잖아? 강해졌다고!"

"그래도 직접 붙어보면 느낌이 다르지!"

그럼에도 창천기사단은 용케 버티고 있었다.

뭐, 별로 놀라운 일은 아니었다. 원래 창천기사단은 초인급 상대하는 데 능숙하다. 쓰러뜨리진 못해도 쓰러지지는 않는다.

놀라운 건 성벽 서쪽 상황이었다.

백호기사단 역시 의외로 버티고 있었다.

"침착하게 대응하라, 백호기사들! 결코 경거망동하지 말라!"

브렌탈의 지휘 아래 백호기사단은 차분하게 대열을 유지하며 크림슨 나이츠를 상대하고 있었다. 창천기사단처럼 자체적으로 초인급과 맞서 싸울 순 없겠지만, 같은 초인급과 연계하면 이 정도까진 가능한 것이다.

"제법이군, 브렌탈."

릴스타인이 감탄한 표정을 지었다. 곁에서 빛의 화면을 지켜보던 엔다윈이 말했다.

"브렌탈도 상당히 강해졌군요. 하지만 어차피 오래 버티진 못할 겁니다. 굳이 크림슨 나이츠를 추가로 투입할 필요는 없겠군요."

"그야 그렇겠지만……."

릴스타인의 입가에 희미한 미소가 떠올랐다.

"굳이 아낄 이유도 없지 않은가?"

무신급과 달리 초인급 크림슨 나이츠는 얼마든지 증원할 수 있는 소모품이다.

말하자면 최강의 싸구려.

릴스타인이 한 번 더 손가락을 까닥였다.

[가라.]

본대에 대기 중이던 크림슨 나이츠 40기가 일제히 내달리기 시작했다. 미리 명령받은 대로, 2,000의 군세가 허겁지겁 그들의 뒤를 따랐다.

그들의 목표는 현재 전투가 진행 중인 성벽 남쪽이나 서쪽이 아니었다.

상대적으로 빈약해진 성벽 동쪽.

“저걸 막을 병력은 없을 테니, 슬슬 바락이 직접 나서겠지.”

*　　　*　　　*

성벽 동쪽으로 수천의 군세가 몰려오고 있었다. 크림슨 나이츠 40여 기를 앞세운 릴스타인 왕국군의 주력이었다.

서쪽과 남쪽에서 간신히 버티고 있는 2국 동맹군 입장에선 숨통을 끊는 일격이나 다름없으리라.

그러나 성시한은 오히려 웃었다.

“좋아, 나머지 전력도 투입했군.”

바락을 돌아보며 고개를 숙인다.

“그럼 부탁합니다, 영감님.”

“오냐, 너도 잘해봐라.”

이미 언질을 받았던 터였다. 기다렸다는 듯 바락이 검을 쥐고 막사를 떠났다.

이제 남은 이는 성시한과 카렌, 그리고 알리타뿐.

카렌이 빙그레 웃었다.

“이제야 기회가 왔네요.”

“문제는 그 기회가 단 한 번뿐이라는 거지.”

두 번은 없다.

시한은 디재스터를 허리에 차며 두 여인을 돌아보았다.

"가자, 카렌, 알리타."

『이계진입 리로디드』 13권에 계속…